菱川さかく
Ill. ゆーにっと
ギルドの雑用係が
真の黒幕でした
隠れた才能で
暗躍無双

ギルドの雑用係
テネス・ルメール
「フェリシア先輩、ちょっと教えて欲しいんですけど」

頼れる?先輩職員
フェリシア
「はいっ!」
「丁寧な指導に定評のある私に、なんでも聞いて下さいいっ!」

黒幕
テネス・ルメール
盗賊王
ミリー・ルル
「こいつちょっとやばい奴か、テネス」

剣姫
リーシャロッテ
「ご主人様のお世話は
私の仕事です。
そこはお忘れなく」
「英雄色を好む。
私は構わんぞ。ただ
正妻の座は渡さんがな」
ダークエルフ
アイゼル

握りしめた拳が赤く染まり、
紅蓮の炎が暴れるように溢れ出す。
大気が沸騰するかのように、熱を帯び始めた。

炎帝
イグナス・バルザック
「ずっと言ってるだろ」
「要求ってのは強え奴がするんだって」

[CONTENTS]

presented by Sakaku hishikawa & Yu-nit

ギルドの雑用係が真の黒幕でした

隠れた才能で暗躍無双

菱川さかく
Ill. ゆーにっと

プロローグ

大陸のほぼ全域を支配する巨大国家、ノヴァリウス神皇国。

その北西部に位置するルメール領の一角に、ラボス地区がある。州都の郊外と言えば聞こえはいいが、中心街を少し離れると、道の両側に豊かな田畑が広がり、視界の大半は森や山に埋め尽くされる。

いわゆる片田舎である。

そんな地区の中央通りに、周囲より少し大きめの煉瓦《れんが》造りの建物があった。茜色《あかねいろ》の夕陽に照らされるその建物は、冒険の仲介所である冒険者ギルドのラボス支部である。

今、その受付カウンターで、小麦色の髪をした受付嬢が困った顔を浮かべていた。

「なあ、いいだろ、フェリシアちゃん」

彼女の前には、赤銅《しゃくどう》の鎧《よろい》をまとった剣士風の中年男が、カウンターに寄りかかるようにして立っている。

「今夜、二人で飲みに行こうぜ。もう店も予約してあるんだ」

「あの、そういうご用件は承っておりませんので……」

受付嬢がやんわり断ると、男は眉間に皺《しわ》を寄せ、カウンターから身を乗り出した。

「おい、【暴腕】のガルーゾ様が誘ってんだぞ。このさえない片田舎のギルドに俺がどれだけ貢献してやったと思ってんだ」

「そ、それはそうですが……」

フェリシアと呼ばれた娘は助けを求めるように周囲に視線を向けるが、男の名を聞いて、フロアに数人いる他の冒険者たちはあからさまに見て見ぬふりをしている。

【暴腕】のガルーゾと言えば、州都でも名を知られた腕利きの冒険者だ。ただ、素行の悪さも有名で、酒場でウェイトレスに絡んでいたのを止めに入ったパーティが全員返り討ちにあったという噂《うわさ》もある。

「な、いいだろ」

男はフェリシアの肩に手をかけようとしたが、その手首が突然横から掴《つか》まれた。

「ここは冒険者ギルドです。冒険に関係ない話はご遠慮下さい」

「なんだ、てめえっ」

男の手首を掴んでいるのは、黒髪の若い職員だ。

存在感が薄く、地味な印象だが、近くでよく見ると整った綺麗《きれい》な顔立ちをしている。

「テネスさん……?」

フェリシアが驚いたように言った。

ガルーゾがにやりと笑う。

「なんだよ、他にも可愛《かわ》い娘《こ》ちゃんがいるじゃねえか」

「残念ながら、僕は男ですけど」

「……ちっ、そういや声が男じゃねえか。紛らわしいんだよ。てめえ、誰だ」

ガルーゾは、思い切り腕を振りほどいてすごんだ。

「ギルドの裏方事務員……まあ、雑用係みたいなものです」

「雑用係ごときがしゃしゃり出てくるんじゃねえ」

「そうはいきません。トラブル解決も雑用係の仕事ですから」

「いいか？　俺が多くの依頼をこなしたのが、この支部の実績にもなってるんだ。貢献者への口の利き方ってもんがあるだろ？　今後ここの依頼は全部断ってもいいんだぜ？」

男は威嚇《いかく》するように声を一段低くしたが、少年といってもよさそうな若いギルド職員は、顔色一つ変えずに浅く溜《た》め息をついた。

「冒険者規則第十二条五項、公の場では礼節をわきまえた行動を取ること。目に余る振る舞いをした冒険者はブラックリスト入りになりますよ。そうすればここだけではなく、他のギルドでも仕事が貰《もら》えなくなる。困るのはあなたでしょう」

「なっ、この程度でブラックリスト入りなんて冗談じゃねえぞっ。認められる訳ねえだろ」

「ところが僕は中央にコネがあるので、交渉次第でねじ込むことが可能です。幸いあなたの数々の悪行を証言してくれる人も沢山いそうですし。このまま大人しくお帰り頂き、今後は振る舞いに注意してもらえれば、礼節を保っていたと判断しますが」

「なんだと……覚えてろ。てめえ、テ……」

「テネスです。あなたこそちゃんと覚えて下さいね」

「う、うるせえっ。今度こそ覚えたからな」

テネスを力強く指さすと、ガルーゾは肩をいからせながら大股で出て行った。

きぃと揺れるドアを眺めて、フェリシアが口を開く。

「あ、ありがとうございます、テネスさん」

「いえ、雑用係の仕事をしたまでです。平穏が一番ですから」

テネスはにこりと微笑んだ。

「でも、いつからそこにいたんですか？　全然気づかなかった」

フェリシアが言うと、テネスは同じ笑みのまま答えた。

「僕は目立たないんです。昔から」

＋＋＋

「お疲れ様でした」

「お疲れ様です、テネスさん」

終業時刻を迎え、テネスという名の雑用係は、職員用の裏口ドアから足音もなく出て行った。

「しっかし、妙な奴だよなぁ」

フェリシアの隣に座る、同僚職員がテネスの出て行ったドアを眺めてぼやいた。

「そうですか？　いい人ですよ。皆が嫌がる仕事も、物凄い速さと正確さでやってくれるし、上流階級出身という噂なのに全然えらぶらないし」

「それだよ。元上流階級が一体何をやらかしたら、こんな片田舎の冒険者ギルドの裏方職員になるんだよ」

「それは、知りませんけど……」

「だろ？　ギルド長も本部に頼まれて採用したとしか言わねーし。絶対何かあるって」

「そうでしょうか」

「仕事は確かにそつなくこなすけど、いるのかいないのかわからないくらい目立たねえし、俺なんて下手すりゃあいつの存在を忘れてる時だってあるんだぜ」

「それはさすがに大袈裟《おおげさ》ですよ」

笑うフェリシアに、同僚職員は声を潜めて顔を近づける。

「その上、変な噂があるんだよ」

「変な噂？」

「北側の山中に古い墓地があるって話知ってるだろ？」

「ああ、魔獣《まじゅう》が出るから近づくなって言われてるところですよね」

「あいつ、そこに住んでるって」

フェリシアは髪と同じ小麦色の瞳をぱちくりと瞬かせ、もう一度朗らかに笑った。

「あはは、そんなはずないじゃないですか」

＋＋＋

——出てきやがったな。

冒険者ギルドの建物を後にしたテネスを、背後から睨《にら》みつける人相の悪い男がいた。

赤銅の鎧をまとった腕利きの中年冒険者ガルーゾだ。

お気に入りの受付嬢の前で恥をかかされたまま放っておく訳にはいかない。建物のそばに身をひそめ、標的が出てくるのを待っていた。ガルーゾは街路樹の陰に隠れながら、足音を殺してテネスの後を追う。

——俺を舐《な》めるとどうなるか、思い知らせてやる。

しかし、速くもなく遅くもなく進む背中を見つめて、ふと不安が胸をよぎった。

——あいつで……合ってるよな？

標的は、ギルド職員の制服から私服に着替えている。しかし、その私服も街の景色と夕闇に溶け込むような、なんの変哲もない目立たない装いで、うっかりしていると見失いそうになる。

——そもそもあいつ、どんな顔だったたっけか？　くそっ、特徴が薄すぎて覚えてねえ。

ただ、髪の色は黒だったはず。おそらく間違ってはいないはずだ。

ガルーゾは自分に言い聞かせながら、慎重に足を進める。標的は繁華街を抜け、住宅街を越え、やがて田畑を通り過ぎ、木々が鬱蒼《うっそう》と茂る山林の中へと入っていった。

——おい、どこまで行くんだ？

この先には民家などなかったはずだ。それどころか噂ではこの山の奥深くには古い墓地があり、付近に強力な魔獣が出るということから、危険区域に指定されている場所だったはず。実際、立ち入り禁止の看板が幾つも立っている。

訝《いぶか》しげに周囲に目を向けていると、前を行く背中が突然ふっと消えた。

「え？」

いきなり見失った。慌てて駆け出し辺りを見回すが、テネスの姿はない。

「なっ、どこに消えやがったっ！」

思わず声を荒げるが、姿もなければ気配もない。

まるでずっと幻を追っていたような手ごたえのなさだけが、その場の空気に漂っている。

「……」

ガルーゾは少し迷った後、もう少し山中を探してみることにした。強力な魔獣が出るとされる危険区域だが、ギルドの雑用係ごときに面子を潰されたままにしておくほうが後味が悪かった。これまでもそうやって周りを黙らせてきたのだ。

――獣道に入ったのか？

「しつこいね。もうやめときな」

「誰だっ！」

突如声がして、ガルーゾはその場を跳び下がった。

あの雑用係？　いや、違う。今聞こえた声は少しハスキーだが、女のものだった。

しかし、どうしてこんな場所で女の声がする？

腰から剣を引き抜いて構えるが、声の主の姿は見えない。

「ここは危ないよ。さっさと帰りな」

「誰だっ。姿を見せろっ！」

もう一度声がしたが、相手は居場所を変えながら話しているのか、それとも音声が木々に反響しているせいなのか、所在がさっぱり摑めない。

「どこにいるっ！」

「せっかく親切に忠告してやってるんだけどね」

「はっ、誰だか知らねえが、俺は【暴腕】のガルーゾだ。舐めると痛い目に遭うぞ」

「【暴腕】……知らないねぇ？」

「ふざけるな、六等級の冒険者だぞ」

「六等級？　その程度じゃ、ここじゃ話にならないよ」

ぎり、とガルーゾは奥歯を嚙《か》んだ。

「危険区域ってことだろ。この俺が魔獣なんぞに恐れをなすと思うか？　さっさと出てこいっ」

「……魔獣？　ああ、そんなのよりもっと危険な存在のことだよ」

「……？」

「あ、おいでなすった。ご愁傷様」

声はそこで煙のように途切れる。

直後、木々の奥から下生えを踏みながら人影が近づいてくるのが見えた。

「は……？」

ガルーゾは両手を剣の柄にかけたまま棒立ちになる。

それは若い女だった。

淡雪のような真っ白な肌。清流のごとき青い髪を、後ろで一つに縛っている。目を奪われるほどに美しい外見と、表情に乏しく何を考えているのかわかりにくいところが、まるで精巧な人形のようでもある。

そして、それ以上によくわからないのが、メイド服をまとっていることだ。

更に、散歩なのか、こんな山奥で灰色の毛並みをした小犬を連れて歩いている。

「え、お、おっ？」

突如目にした美貌と、場違いな装いに、咄嗟《とっさ》に言葉が出ない。

メイドは小犬をその場に待たせ、地面に落ちている木の枝を拾って静かに言った。

「お客様ですか？」

「は……？」

「お帰り下さい。この先は余人の立ち入る場所ではありません」

「か……帰れと言われて素直に帰ると思うか」

憂いを帯びた瞳は、近くで見るとますます美しい。ガルーゾはごくりと喉を鳴らした。

「お前、どこの誰だ？　道に迷ってるなら、俺が連れて帰ってやろうか？」

だが、メイドは表情を変えないまま、拾った小枝を軽く持ち上げた。

「仕方がないですね。それでは強制的に排除します」

「え？」

メイドがわずかに身をかがめる。

「ごっ！」

気づいた時には、腹にとんでもなく重い衝撃を受け、ガルーゾは後方の木の幹に背中を激しく打ち付けられていた。何が起こったのかわからない。呻《うめ》きながら腹に手をやると、長年愛用してきた鎧にハチの巣状に亀裂が入っている。メイドは折れた木の枝をぽいと投げた。

「いけませんね。この細枝では耐久性が足りませんでした」

そして、新たにもう少し太い枝を拾い上げる。

「おい、ちょ、ちょっと……」

ガイゼルは右手を前に向け、声を震わせる。

――こいつはなんだっ⁉

数多の魔獣を葬り、数多の同業者を黙らせてきた【暴腕】で知られる自分が、何をされたか全くわからなかった。全身の肌が粟立《あわだ》ち、心臓が激しく脈打っている。

捕食者。

長年死地を潜り抜けてきた冒険者の勘が、全力でこの場を離れるべきだと告げているが、冷たい圧に足がすくんで動けない。

そして、相手の美しい瞳には、何の感情も浮かんでいない。

己はただの障害物であり、敵とすら認識されていないことを、本能で悟る。

メイドは木の枝を真横に構えて、地を蹴った。

「それでは、さようなら」

「ひ、ひいぃぃぃっ！」

次の瞬間、遠くから淡い光の塊のようなものが飛んできて、ガルーゾの胸の中央に激突する。

「がふうっ！」

後ろに吹き飛び、もう一度背中を木に打ち付けられた後、ガルーゾは地面にがっくりと膝をついた。

そして、白目を剝いたままぬかるんだ大地に顔面から倒れ込む。

静かになった男の背中を見つめた後、メイドは憮然《ぶぜん》として後ろを振り向いた。

「どういうつもりですか、アイゼルさん」

視線の先にいるのは、輝くような長い銀髪に、浅黒い肌をした女だ。

耳の先が尖《とが》っているのは、彼女がエルフという種族であることを示しているが、その肌の色は一般的なエルフのものとは大きく異なる。

女は切れ長の瞳をメイドに向けた。

「勝手に殺そうとするな、リーシャロッテ」

メイドはわずかに眉根を寄せる。

「私は侵入者を排除しようとしただけです」

「【剣姫】だかなんだか知らないが、お前のやり方では無駄に血飛沫《しぶき》が舞う。痕跡を残すなと言ってるんだ」

「伝説のダークエルフ……アイゼルさんならもっとうまくやれると？」

「勿論《もちろん》。私がその気になれば、骨すら残さず消去可能だ」

「はっ、相変わらず物騒な女たちだね」

やり合うメイドとエルフの間に、上空から別の影が跳び下りてきた。音も立てずに着地をしたのは、茶色の獣耳を立てた女だ。赤褐色の癖毛で、口元からは鋭い牙が覗《のぞ》いている。

「あんたたちと比べると、【盗賊王】と呼ばれたあたしが平和主義者に思えるね」

獣人という種族に当たるその女は、うつ伏せに倒れたガルーゾの背中を一瞥《いちべつ》した。

「殺しちゃいないんだろ？」

「一応、我が主人の意向を確認してからだ」

エルフの一言に、メイドは素直に応じて頭を下げる。

「……そうでした。申し訳ありません」

「ここにいたのか。リーシャ、ミリー、アイゼル」

三人の女たちがいる少し先の繁みから、少年が姿を現した。

「お帰りなさいませ、テネス様」

「よっ、テネス」

「お勤めご苦労。我が主人よ」

メイドが恭しく頭を下げ、獣人が軽く右手を上げる。

褐色肌のエルフは、少年を迎え入れるように少し照れながら両手を広げていた。

そばにいた灰色の小犬が「わふっ」と嬉《うれ》しそうに跳ねる。

「いつもながら反応がそれぞれすぎて逆に反応しにくいよ」

少年の言葉に、三人は一斉に足を前に踏み出した。

「そう言われましても、テネス様は私のご主人様ですから」

「あたしのマブダチだろ？」

「私の生涯の伴侶」

最後やや重たい言葉が聞こえた気がしたが、テネスはとりあえずガルーゾの背中を見下ろした。

「こんな危険区域で突然姿を消せば、気味悪がって諦めてくれるかと思ってたけど、意外としつこかったね」

「テネス。この男消すか？」

「……」

獣人の言葉に、テネスは少し黙った後、口元に手を当てて言った。

「それもいいけど、急に行方不明になるには彼は名前が知られすぎている。最後に接触したうちの支部に調査が入って、雑用係の仕事が増えるのも好ましくないかな。少し手間だけど、僕に関する記憶を【隠して】放り出すことにするよ」

そこまで話して、メイドがじっと自分を見ていることにテネスは気づく。

「どうしたの、リーシャ？」

「私は……口惜《くや》しいです。テネス様が、単なる冒険者ギルドの雑用係として、この程度の輩に軽んじられることが」

「この程度って……リーシャから見たらそうかもしれないけど。一応、領内では有名冒険者なんだけどね」

テネスは苦笑して、倒れ伏したガルーゾにもう一度目を向ける。

「ま、僕は気に入ってるけどね、ギルドの雑用係。裏方業務は性に合ってるよ。昔から目立つのは好きじゃないし」

テネスはそう言って、不服そうなメイドの頭に、ぽんと手を乗せた。

それで少しだけ機嫌を直したように見えるメイドは、薄い唇を小さく動かしてこう続けた。

「私たちは存じておりますよ。世界を裏で操る真の黒幕はテネス様だということを」

第一章　神託と追放

少し昔の話をしよう。

大陸の覇者たるノヴァリウス神皇国は、名目上の最高権力者たる皇帝を中心にした大国家で、国土中央にある帝都を囲むように、十貴将と呼ばれる上級貴族が統治する地域が点在している。

僕、テネス・ルメールは十貴将が一角、序列九位にあたるルメール家の長男として生を受けた。

だから、一応は次期領主候補ということになる。

それでも僕の生活は至って質素なものだった。

迂闊《うかつ》に歩けば迷子になるほどの広大な領主城において、僕の部屋は五、六歩も進めば壁に当たるほど狭く、小さな格子窓が一つしかない薄暗い監獄のような空間だった。食事はすっかり硬くなったパンとスープにわずかな野菜という、使用人よりも下のレベルのもので、上級貴族の子女だというのに家庭教師はおろか世話係すらいない。

それには理由があった。

「テネスっ」

ドアが勢いよく叩《たた》かれ、僕は手にしていた絵筆を脇に置いた。

部屋の雰囲気にそぐわない、やけに溌剌《はつらつ》とした声の主は一人しかいなかった。

「遊びにきたわよ」

「フィオナ姉さん、また来たの」

僕は立ち上がって、ドアを開ける。

そこには僕と同じくらいの背丈の少女が立っていた。利発なエメラルド色の瞳。それ自体が発光しているようにきらきらした黄金色の髪がふわりと揺れる。

「ここに来ると皆から嫌な顔をされるよ」

「いいじゃない。姉弟が遊ぶのに理由なんていらないでしょ」

彼女は同い年の姉、フィオナ・ルメール。

だけど、僕たちは双子じゃない。生まれた年は同じだが、彼女のほうが半年ほど誕生日が早いため、姉と弟という間柄になっている。

不満げに唇を尖《とが》らせる姉に、僕は諭すように言った。

「何度も言ってるけど、僕と姉さんは立場が違うんだ」

フィオナは領主である父ダグラス・ルメールとその妻ラミアの娘。

そして、僕は父と若い使用人との子だった。

当然母の逆鱗《げきりん》に触れたであろうその使用人はとっくの昔に屋敷から姿を消しており、僕は顔すら知らない。もはや半ば公然の事実になっているものの、いわば隠し子的な存在の僕は、生まれた時から難しい立ち位置にいる訳だ。

「また絵を描いていたの？」

そんな僕の思惑を完全に無視したフィオナは、ずけずけと部屋に踏み入り、壁に立て掛けられた描きかけの絵を見て言った。それは格子窓から見える山の景色だ。

「まあ、気晴らしになるから」

「せっかく大量の本を持ち込んであげたのに、そっちは読まないの?」

フィオナは部屋の隅に積まれた歴史書や上級魔導書、剣の指南書を見て言った。

それらは僕のお願いで、姉が城の書庫から持ってきてくれたものだ。僕はそれを横目で見る。

「もう全部読んだよ」

「はえ?」

フィオナは変な声を出した。

「二日前に持ってきたばかりよ。今までそんなに早く読んでないじゃない」

「今までもすぐ読んでたんだけど、聞かれなかったから、言わなかっただけで」

「またまたぁ。大好きなお姉ちゃんの前だからって、無理にかっこつけなくてもいいのよ」

「多少異論はあるけど、読んだのは本当だよ。ほら、社交界の付き合いや習い事で忙しい姉さんと違って、僕は暇だから」

訪ねてくる人間も、姉くらいしかいない。

複雑な立場にある僕は、この城ではまるで空気のように扱われている。

「それにしても早すぎでしょ。じゃあ、この本には何が書いてあった?」

姉は一番上に重ねてあった本を手に取った。

「大陸史の本だね。伝説の【剣姫】の話も載っていて面白かったよ」

百年以上前、地方の大反乱で国軍が窮地に陥った際に、どこからともなく現れた女が、たった一人で千の敵を打ち破ったという話が書かれている。かなり尾ひれはついているだろうが、逸話としては面白い。

「むむ……でも、上級魔導書もあったのよ。私ですらやっと中級魔導書が終わるくらいなのに」

「僕が早いのは流し読みしてるからだよ。十六歳で中級魔導書が終わるなら、姉さんだってかなり早いほうじゃないかな」

「流し読みできるような本じゃないけど……前から思ってたけど、もしかして、テネス。かしこい子？」

「いや、普通だと思うけど……」

姉としか付き合いがないので、実はよくわからない。

フィオナは本の背表紙を眺めて言った。

「というか、この前は火属性の本を読んでたのに、次は雷属性の本よね。毎回違う属性魔法の魔導書を希望するのは、まさか全属性の魔法をマスターしようとしてたりして？」

この世界には火、水、雷、土、木、風、金、毒、氷、光の十属性の魔法があるとされている。

魔力を持つ人間であれば、訓練と努力と適性によってある程度使えるようになるが、一人一属性が基本である。稀《まれ》に複数の属性を使える者もいるが、もっとも適性のある属性は一つというのが定説だ。

「全属性？　そんなことできる訳ないじゃないか、姉さん」

僕は顔の前で手を振る。

むしろ姉のフィオナのほうこそ、魔法教師も舌を巻くほど魔法学の理解が早く、既に光属性の魔法を使いこなし始めているという。

ルメール家始まって以来二人目の英才。それが姉の評価だ。

「ま、そうよね。そんなの先祖でも一人いたかどうかだもんね」

ルメール家の先祖には、全属性の魔法を使いこなせた者が一人だけいたらしい。その人物こそが最初の英才と呼ばれた人物なのだが、彼は不名誉な末路を遂げたため、既に家系図から削除されている。

姉は僕の硬いベッドにぴょんとダイブして、ごろごろとくつろぎ始めた。

「はぁ、テネスの匂いはやっぱり落ち着く」

「怖いよ、姉さん……というか、当たり前のように使ってるけど、それ僕のベッドだよね？」

「いいじゃない。弟のものは姉のものだもの」

「じゃあ、姉さんのものは僕のものって訳だ」

「あはは、私のものは私のものに決まってるじゃない」

「その論理だと僕のものはなくなるけど？」

いや、実際その通りかもしれない。

日陰者として生まれた僕にとっては、本も、ベッドも、この部屋も、そして、この人生でさえも全てが借り物で、仮初めのものに思える。

　フィオナはごろんと顔を横に向け、僕のほうを向いた。

「でもね、テネス。私たちが姉弟ということ。その絆《きずな》だけは確かなものよ」

「……うん」

　真剣な目をしたフィオナに、僕はふっと息を吐いて笑いかける。

　姉はベッドに横たわったまま両手を広げた。

「ねえ、昔みたいに抱っこしてあげようか」

「いや、いい」

「えっ、反抗期？」

「年頃の姉弟は多分抱っこしたりしないと思うよ、姉さん」

「ぶー」

　姉は不満そうに頰を膨らませて身体を上に向けた。少し前まで僕と同じような体格だったのが、いつの間にか随分と女性らしい体つきになっている。余計な虫がつくのを阻止しなければ、と親のようなことを一瞬僕は考えた。

　フィオナは天井に目を向けたまま、ぽつりと言った。

「テネス……『神託』、どうなるかな」

「もう一週間後だね」

　こんな微妙な立場の僕が曲がりなりにも城に身を置いている理由が、この『神託』だ。

ノヴァリウス神皇国は、皇帝が支配する国家。

だが、実際はその皇帝をも支配しているものがある。

それが『神託』だ。

帝都の大神殿の最奥に巨大な石板が安置されており、そこに神の啓示が時々下るという。興国の始祖が古代遺跡でその石板を発見し、お告げに従って大陸統一を果たして以来、歴代の皇帝は神の啓示の下に政治を進める代行者としての側面を持つ。

一般人が神の啓示に触れる機会は滅多にないが、唯一といっていい機会が十六歳以上で与えられる神託だ。年に一度、建国祭の日に十六歳以上の者が各地域の神殿を訪れると、ジョブという役割を神から授けられる。

一般職《ノーマル》という汎用ジョブから、農夫・商人・漁師といった職能系、剣士・弓使い・魔導士といった冒険者向きのジョブまで様々あり、特に貴族階級は比較的レアなジョブが与えられることが多いとされている。

とはいえ、農具と土地があれば農夫でなくても農業はできるし、魔力があれば魔導士じゃなくても魔法は使える。それでもジョブを得ると、有利な適性を得られやすいため、結局のところ神託に沿った職業選択をする者が多い。

「テネスは、怖くない？」

「……」

天井に視線を固定しているフィオナの整った横顔を、僕はじっと見つめる。

とりわけ今回の『神託』は、僕たち上級貴族にとっては重要な意味を持っていた。

現皇帝が数年前から病床に臥《ふ》せっているのだが、彼には子供がいない。

そこでこんな神託が数か月前に下ったのだ。


――十貴将の次期当主の中から、もっとも相応しい者を次期皇帝とする。


もっとも相応しい、というのがどういう条件なのか不明だが、領地を分割支配する十家の上級貴族間で緊張が急激に高まったのは間違いない。

現状は表立った衝突は起こっていないが、それも時間の問題だろう。

序列九位、ルメール家の次期当主候補である僕たちにとって、この問題はまさに死活問題だ。

微妙な立場にいる僕を父が城に留めているのも、ひとえにルメール家が継承戦に臨むに当たって、僕にレアジョブが授けられる可能性がまだ残っているからなのだ。

「大丈夫だよ。何かあったら、僕が姉さんを支えるから」

「あはは、虚弱な引きこもりの癖に」

僕のまあまあ気合を入れた言葉を、姉のフィオナはあっさり笑い飛ばす。

「期待しないで待ってるわ。じゃあ、約束ね。私に何かあったら、テネスが助ける。テネスに何かあったら私が助ける」

「うん、約束」

僕らは互いの小指を絡ませる。

「虚弱な弟がそんないっぱしのことを言うようになるなんて。お姉ちゃん、嬉《うれ》しいわ」

僕が虚弱体質で、引きこもりというのは事実である。

そんな僕を心配して、姉が頻繁に部屋を訪ねてきていることを、僕は知っている。そして、そんな僕のために、彼女が治癒の力を持つ光属性の魔法を真剣に学んでいるのも知っている。

「……ありがとう、姉さん」

「何か言った?」

「いいや」

僕は人間が好きじゃない。というかむしろ嫌いだ。

出自がややこしいせいで、長年多くの敵意と悪意に晒《さら》されてきたからだ。

ただ一人、姉だけがこの城で真っすぐな瞳を向けてくれる。

フィオナは勢いよく立ち上がると、大きく伸びをした。

「さーて、可愛い弟の匂い補充完了。これでしばらく頑張れるわ」

「怖いよ?」

「ほら、手のかかる弟ほど可愛いって言うじゃない」

「僕ほど手がかからない弟はいないと思うけど。ただ引きこもってるだけだし」

「外に連れ出す時の私の労力を忘れたと?」

「すいません」

素直に頭を下げる僕を、姉は苦笑して眺める。

「ま、『神託』でどんな結果が出ても、約束通り私がテネスを守ってあげるから安心しなさい。それじゃあまたね」

姉はそう言って、部屋から出て行った。

「……」

閉じたドアを眺めて、僕はおもむろに手の平を上に向ける。

ややあって赤味を帯びた魔力が、湧き水のように溢《あふ》れ出した。

次に青色、橙色《だいだいいろ》、茶色と、十属性を帯びた魔力が、順番に手の平から零れていく。

「今日はこんなもんか……」

物心がついた頃には、僕は自らの危うい立場を自覚していた。

目立ちすぎても殺される。

愚鈍すぎても殺される。

あらゆる状況に対応できるように、できることを増やしておくのは生命に直結する課題だった。

幸いここには多くの教本があり、フィオナのための様々な家庭教師もいる。

軍隊の訓練を覗《のぞ》けば激しい剣の稽古をじっくり観察することもできるし、魔法部隊の訓練もしかりである。幸か不幸か、僕は生まれた頃から目立たない。存在感のなさを活かして、城のあちこちに潜み、人々の営みを盗み見るのは得意だった。

見て学んだことを、教本で論理を補足し、できるまでひたすら繰り返す。

幸い時間だけはある。誰にも見られない環境も用意されている。

この牢獄《ろうごく》のような場所で、十六年間、僕は黙々と己のできることを増やしてきた。

まあ、単に何かをしていないと暇だったというのもあるが。

「テネスっ」

突然姉が部屋に戻ってきて、僕は急いで魔力を消した。

「どうしたの、姉さん」

「テネスが私と離れて寂しくて泣いてるんじゃないかと思ってさ」

「僕の記憶が正しければ、さっき会ったばかりだけど」

「それはさておき、忘れてたんだけど、従兄のマシューが来てるのよ。テネスに会いたいって」

「えぇ……」

「露骨に嫌な顔するわね。気持ちはわかるけど」

「ニンゲンキライ……」

「なんでカタコトっ？　私も断ろうとしたんだけど、お父様が呼んでこいって」

「父さんが……」

僕は渋々根城を出ることにした。

姉以外の人間と関わるのは、正直気が進まないが、領主の言葉には逆らえない。

おそらく『神託』を前に、僕の状態を確かめておこうという目論見だろう。廊下を歩きながら、
隣のフィオナが言った。

「去年の神託でマシューは【剣豪】のジョブを得たみたい。それでますます調子に乗ってるのよ」

「へぇ、【剣豪】……」

「あれ？　少し目の色変わった？」

「そんなことないよ」

「絶対に無理しちゃ駄目よ。もし怪我したら私が光魔法で治してあげるから」

「うん、ありがとう、姉さん」

姉と一緒に中庭に出ると、そばかす顔の従兄のマシューが木刀を手に待ち受けていた。

「遅えよ、いつまで待たせるんだっ」

「ごめーん、急ぎの用事が色々あって」

姉が代わりに手を合わせて答える。

さっきまで僕のベッドでごろごろしていたはずだが。

マシューはふんと鼻を鳴らして、僕に木刀を投げてきた。

「テネス。ひ弱なお前に稽古をつけてやる。日陰者のてめえにそんな温情を与えるのは、親戚中で俺くらいだぞ。ありがたく思え」

「はい、ありがとうございます」

僕は木刀を軽く握って頭を下げたが、マシューの眼中に僕はいない。

その視線はフィオナの美貌と、右斜め上に交互に向けられている。

城の二階にあるバルコニーに父の姿があり、いつも通りの険しい顔で、中庭を見下ろしていた。

「いくぞっ！」

マシューが勢いよく駆け出してきた。

従兄としてはこの機会にルメール家当主にアピールしておきたいところだろう。そして、いつの日かフィオナの夫の座につくのがマシューの野望だ。

「おらっ！」

「わっ」

予想以上の剣撃に、危うく木刀が弾かれそうになる。

去年より剣の振りが遥《はる》かに鋭く、重くなっている。まるで別人だ。

これが【剣豪】のジョブを得た効果。

「ははは、未来の【剣聖】様と稽古できるなんて、感謝しろよ」

振り下ろし。切り上げ。横なぎ。

一振り一振りが、どれも過去のマシューからは想像できない勢いを持っている。

まだ貰《もら》ってないのでわからないが、ジョブを得ると、翌日から腕力が上がったり、新しい魔法が使えたりする訳ではなく、『気づき』を得るのだそうだ。それに従って鍛錬をすることで、ジョブに相応しい力を身につけていくのだと聞いている。

僕は寸隙を突いて、一歩を踏み出した。

「やあっ」

「いてっ！」

僕の突きがマシューの手首を打ち、従兄は顔を歪《ゆが》めて木刀を取り落とした。

「わ、すごい。テネスっ」

フィオナの拍手で、マシューのそばかすの浮いた顔面が燃えんばかりに紅潮する。

「て、てめえっ。せっかく人が手加減してやってたのに」

木刀を拾い上げたマシューは、雄たけびを上げて再び僕に飛び掛かってきた。強烈な突きが僕の胸に向かって繰り出され、跳ね飛ばされた僕の身体は地面の上をごろごろと転がる。

「テネスっ！」

見かねたフィオナが、僕の前に両手を広げて飛び出した。

「もうやめてっ。勝負はついたでしょ」

マシューは肩で息をしながら、木刀を地面に転がした。

「へっ、調子に乗るからだ。見たかよ、フィオナ。お前に相応しいのは俺だ」

「もう用事は済んだでしょ。帰って」

マシューはどこか悔しげに笑って、踵《きびす》を返した。

すぐにフィオナが僕の両肩を掴《つか》んできた。

「テネス、大丈夫っ？」

「ああ、うん」

「痛いよね？　どこ怪我したの？　すぐに治してあげるから」

「うん、まあ大丈夫。治療はいらないよ」

「何を強がってるのよ。ほら、ちょっと脱いでみせて」

「ちょ、ちょっとま――」

嫌がる僕の上着を、フィオナは強引にめくり上げ、エメラルドの瞳を瞬かせた。

「……あれ？　傷がどこにもない。え？　どうして？」

「あはは、なんだか偶然防げたみたい」

僕が木刀を手に言うと、フィオナはほっとした顔で頬を膨らませる。

「なんだ。驚かせないでよ、もうっ」

屋敷のほうに目を向けると、もうバルコニーに父の姿はなかった。


その日の夕方。僕は薄暗い洞窟の中にいた。

山肌に目立たないような穴が開いており、奥に古い墓地があるのだ。

ここは城の西側に広がる広大な山林の奥に位置している。かつてとある理由で山を散策していた時に偶然見つけた場所だった。この山を越えてしばらく南に行くと、ラボス地区という片田舎にたどり着くらしい。

この辺りは魔獣《まじゅう》が出没する危険区域とされているだけあって、人っ子一人いない。そもそも古い結界が張られているようで、偶然見つけた特定のルートを通らなければ近づけない場所だ。

ここには監視もなければ、ひそひそとした噂話《うわさばなし》もなければ、悪意もない。ただ、風化した墓石と、物言わぬ躯《むくろ》が地中に埋まっているだけで、周りに生きた人間がいない分、ある意味自室よりも心安らかに過ごせる場所だった。

「あぁ、落ち着く」

亀裂の入った墓石に背中を預けて、洞窟の外に広がる夕焼け空を眺めていると、「くーん」と鳴いて近づいてくる子犬のような生き物がいた。

「やあ、元気だった？」

頭を擦り寄せてくるその生き物の灰色の毛並みを撫《な》でていたら、突然入り口から声がした。

「テネス」

「うわ、びっくりした」

反射的に身を起こすと、黄金色の髪を風に揺らす少女が立っている。

「姉さん、なんでここに？」

「後をつけてきたのよ。ふらふら山のほうに行くから」

姉は僕の隣に腰を下ろして、息をついた。

「でも、テネスったらやたらと速いんだもの。途中で見失っちゃって」

「えぇ、危ないよ」

「大丈夫。私、テネスがどこに隠れても見つけ出す自信があるわ」

「姉さん……」

僕は地味で、存在感が薄く、ただでさえ人に気づかれにくい。

だけど、この姉だけは僕のことを探し出してしまう。

「それにしても、山奥に墓地があるって噂《うわさ》は聞いてたけど、本当だったのね」

フィオナは洞窟内部を興味深そうに見回す。

外から見た印象より、中はかなり広く、ちょっとした競技会がひらけそうだ。

「うん、僕も偶然見つけたんだ」

「なんでこんな薄気味悪いところにわざわざ来てる訳？」

「ほら、墓って落ち着くじゃないか。周りには死人しかいないし」

「どういう理屈⁉　落ち着かないわよ」

フィオナは自身の腕をさすると、僕が戯れている生き物に目を向けた。

「あら、可愛い子犬……」

そこで慌てて後ろに跳び下がる。

「って、額に小さな角がある。まさか……ブラックフェンリルの赤ちゃんっ⁉」

「うん、多分」

「うん、多分、じゃないわよっ。成体は討伐ランクSの伝説級の危険魔獣じゃないっ」

「へぇ」

「へぇ、って……」

「でも、プリルは大丈夫だよ」

僕が初めてここに来た時に、お腹をすかせて鳴いていたのを見つけ、おやつをあげた。

それ以来、なついてくれるようになったのだ。成体のブラックフェンリルは禍々しい漆黒の体毛を持つそうだが、まだ赤ん坊のプリルはほわほわした灰色の毛並みで可愛らしい。

「プリルって……名前までつけてる……」

姉は恐る恐る近づいて、心配そうに僕を覗き込む。

「ねえ、こんなところに来るなんて、マシューにやられて落ち込んでるの？　テネスはよくやったわよ。【剣豪】のジョブを得たマシューに一撃与えたし、父さんも見てたはずよ」

姉は僕に向かって大きく両手を広げた。

「ほら、仕方ないわね。抱っこしてあげるから、元気出しなさい」

「年頃の姉弟は抱っこしないものだよ、姉さん」

「ぶぅ」

頬を膨らませたフィオナは、座り込む僕の腕を取った。

「でも、そろそろ帰ろう、テネス。その赤ちゃんはともかく、この辺って危険な魔獣が出る場所でしょ？」

「……そうだね。急ごうか」

僕は素直に立ち上がった。本当は夜までいるつもりだったが、姉が一緒となると話は別だ。

フィオナは僕の腰に差した剣に目を向けた。

「あれ、その剣どうしたの？」

「練兵場の備品を拝借してきたんだ。一応、護身用に」

「そっか、確かに山に入るなら必要ね。でも、ひ弱なんだから無理しちゃ駄目よ」

「うん、気を付けるよ」

僕が頷《うなず》いた瞬間、洞窟がふっと暗くなった。

何かが入り口を塞いで、夕陽を遮っているのだ。

低い唸《うな》り声とともに、それがのそり、と中に入ってきた。

途端に周囲にむせるような獣臭が満ち、空気が張りつめる。

濁った瞳に、歪《いびつ》な黄色の牙。それは僕らの倍の背丈はあろう熊型の魔獣だった。

どこかで獲物を狩った後なのか、口の周りとナイフのように鋭い爪には生乾きの血がべったりと張り付いている。

「ワイルドベア……」

フィオナは語尾を震わせて後ずさりした。

この区域に時々出没する凶暴な魔獣の一種だ。

「グアアアアアッ！」

二体の獲物を前にした魔獣は、舌なめずりをした後、勢いよく地を蹴った。

「姉さん、下がってて」

僕は姉の前に飛び出した。が、後ろから肩を掴まれる。

「駄目、逃げて。テネスっ」

「わ、ちょっ」

強引に後ろに引っ張られ、代わりに姉が前へと躍り出る格好になった。

「あうっ！」

瞬間、突撃してきたワイルドベアの肩に接触し、姉の身体は後ろに弾き飛ばされる。

勢いのまま並んだ墓石を薙《な》ぎ倒して、ごろごろと湿った土の上を転がった。

「姉さんっ！」

僕は姉の元へと駆けた。光魔法の加護なのか、幸い擦り傷程度で済んでいるが、頭を打ったせいか気を失ってしまっている。

「ガルルルル……」

勝負ありと見たのか、ワイルドベアは今度はゆっくりと近づいてくる。

僕は無言で立ち上がり、総毛を立てて魔獣に牙を剝いているプリルに「大丈夫だから、下がっていて」と声をかけた。

腰の剣の柄に手を伸ばし、呼吸を細くしていく。

「【筋発火《マス・バースト》】」

雷魔法で筋肉の出力を高め、肉体強化。

そして、軽く地を蹴って、姿を消した。

「……グル？」

ワイルドベアが小さく首を捻った。一瞬、獲物を見失って混乱しているのだ。

生まれからして日陰者の僕は、昔から目立たない。存在感が薄く、誰からも気づかれにくい。

それは相手が魔獣であっても例外ではない。

瞬時に魔獣の横に移動した僕は、前傾姿勢になった魔獣の首元を目掛けて、剣を一閃《いっせん》。

ややあって、ワイルドベアの首がずるりと落ちる。おそらく何が起きたかもわかっていない魔獣は、断末魔の悲鳴すら上げることなく、そのまま轟音《ごうおん》とともに地に倒れ伏した。

「この場所はしばらく使えないいな」

僕はフィオナのそばに近づき、彼女の真っ白な頬についた土を払いながらつぶやいた。

目立ちすぎても殺される。

愚鈍すぎても殺される。

だから、あらゆる状況に対応できるように、僕はできることを増やしてきた。

全属性の魔法を習得し、兵士たちの練兵を隠れて観察し、剣の腕も磨いた。

だが、問題は実戦の機会が得られないことだ。そのため、生来引きこもりの僕だったが、仕方なく魔獣が多発するというこの山をあちこち散策し、実戦経験を積むことにした。洞窟もその時に見つけたのだ。

一対一。一対多。日中。深夜。

あらゆる状況で多くの種類の魔獣と対峙《たいじ》し、自身の戦闘能力を高めていく。それを考えれば、ただの乱暴者であるマシューとの稽古は時間の無駄以外の何物でもなかったが、【剣豪】のジョブを得たと聞いて、試しておく必要があると考えた。

最初こそ以前との違いに少し戸惑ったが、すぐに慣れた。父の手前、一撃だけ反撃し、後は怒らせると面倒なので、圧されるふりをして寸前で相手の剣撃を受けきる。

マシューではあまり参考にならないが、十六年積み上げ続けたものは無駄ではなかった。

「テネスっ！」

姉を背負ったまま山を下りていたら、背中の姉が突然目を覚ました。

「……あれ？　え？　魔獣は？」

「ああ、運よく帰ってくれたよ。お腹いっぱいだったんじゃないかな」

僕は自分のやってきたことを姉には話しておこうと考えたこともあった。

でも、彼女は黙っておけない正直な人だ。弟の陰の努力をきっと善意で父や周りの人々に伝えるだろう。そうすると僕の存在を快く思っていない勢力が、僕を排斥しようと動くことになり、結果、姉を今後陰から支えることが難しくなる。

「そ、そうなの、よかった……」

フィオナの手が、後ろから僕をぎゅっと抱きしめた。

「無事でよかった、テネス」

こんな状況でも、人のことを第一に考えるのが、フィオナ・ルメールという人間だ。

「というか、テネス。なんかぜえぜえ言ってるわね。私そんなに重い？」

「体力がないんだ。そろそろ降ろしていい？」

山歩きをしても、魔獣との戦闘経験を積んでも、生まれ持っての虚弱体質だけはなかなか変わらない。仕方がないので、自分は切れ味で勝負するタイプだと割り切ることにした。

しかし、背中の姉は降りるどころか、ますます強く抱き着いてくる。

「駄目」

「姉さん、年頃の姉弟は抱っこはしないものだよ」

「うるさい。これはおんぶだからいいの」

「……そうか、そうだね」

姉の体温を背中に感じながら、僕は口元を緩めた。

そうして、あの『神託』の日がやってきた。

＋＋＋

――フィオナ・ルメールに【聖女】のジョブが授けられる。


一週間後、州都にある神殿の黒い石板に、そんな文字が浮かんだ。

この石板は、帝都の大神殿にある石板の欠片らしいが、それでも扉くらいの大きさがあるもので、参列者の誰の目にもその『神託』は明らかだった。

【聖女】と言えば、光魔法属性の最上職とも言われるジョブだ。

喝采と称賛の声があちこちから上がり、フィオナは自身の両手を眺める。

ジョブを得た者は、相応の『気づき』を得ると聞く。

「私が、【聖女】……」

喜びや興奮というより、戸惑いが勝っている様子だ。

石板が掲げられた礼拝堂の後方にある観覧席。その中央に座る父が大きく頷くのが見えた。

ゆっくりと振り返ったフィオナには、既にどことなく風格のようなものが漂っている。

姉は僕に目を合わせて言った。

「テネスの番よ」

「うん」

僕は立ち上がって、深紅の絨毯《じゅうたん》を踏みしめながら石板の前へと進み出た。

ひそひそとした陰口を耳にしながら、『神託』を待つ。

しかし――

いつまで経っても、石板には何の文字も浮かばなかった。

ただのっぺりした黒い平面がそこにあるだけだ。まるで僕が神の視界に入っていないかのように。

結局、何の変化も起こらないことがわかると、礼拝堂がにわかにざわつき始め、やがて誰かが言った。

「【隠者】……」

「【隠者】だっ」

「一族から二人目の【隠者】が出たぞっ！」

【隠者】。

それは、神に見捨てられし者の俗称。

陰の存在として生まれた僕の存在感の薄さは、全知全能の神の目にすら留まらなかった。

ややあって、抑えきれない嘲笑が室内を満たす。

「とんだ無駄骨だったということか」

領主ダグラス・ルメールの一言が、礼拝堂に響き渡った。

父は温度のない瞳を僕に向けた後、一族の者たちを振り返る。

「継承戦に向け、ルメール家の次期当主をフィオナとする。『宝玉』を受け取れ」

父の言葉で、空中で光が渦を巻き、眩《まばゆ》く輝く宝石が現れた。

それが再び光に戻って、フィオナの胸に吸い込まれる。

観覧席からは『宝玉』の美しさへの溜《た》め息が漏れ、同時に喝采が上がった。

『宝玉』は初代皇帝が神に授けられたという魔道具で、全部で十一個あったらしい。一つを皇帝が持ち、残りを十人の腹心に分け与えて以降、これを持つことが十貴将の証しとなっている。保有者の意思でしか譲渡できず、保有者が死んだ場合は皇帝の元に戻る不思議な魔道具だ。

不慮の事故に備え、次期当主が決まった際には早めに譲渡されることが多いと聞く。

大役を果たした父は、僕に向かって口を開いた。

「そこの無駄飯食らいは――」

「お待ち下さい、お父様！」

父の言葉を遮ったのは、【聖女】となった姉フィオナだ。

「次期当主として、我が弟、テネス・ルメールに命じます」

どこか超然とした態度で僕の前にやってきた姉は、よく通る声で宣言した。

「【隠者】は神に見限られた咎人《とがにん》。そんな不名誉な者は、十貴将ルメール家に相応しくない。あなたはルメール家を追放。貴族の資格も剝奪とします！」

一族の者たちが、立ち上がって一斉に拍手を始めた。

マシューもすごい勢いで手を叩いている。

昨日とは別人のような姉の顔を見て、僕は唇を嚙《か》んだ。

「わかったよ、姉さん……」

こうして僕は上級貴族の次期当主候補という立場はおろか貴族資格まで失い、一市民へと格下げされることになったのだ。

この時、悔しそうにうつむいた僕の口角が、軽く上がっていたことに気づいた者はいなかった。

第二章　冒険者ギルドの雑用係

「建物の案内は以上ですけど、大丈夫ですか？」

「はい、大丈夫です。ありがとうございます」

　僕はギルドの受付嬢、フェリシアさんに笑顔で頷《うなず》いてみせた。

　ここはラボス地区の冒険者ギルド。

　ルメール家を追い出された僕に用意されたのは、州都の郊外――とは名ばかりの片田舎にある冒険者ギルドの裏方職員だった。

　要はあってもなくてもいいような閑職で、本家からの手切れ金ということだろう。

　僕の案内係を務めたフェリシアさんが口を開く。

「ええと、テネスさん、でしたよね？」

「はい」

「その……思ったより礼儀正しい方ですね。ちょっと想像と違いました」

「そうですか？」

　僕の素性については勿論《もちろん》公には明かされていない。だが、州都の冒険者本部から十六歳の若造を雇ってくれと言われれば、勘繰られるのも当然ではある。有力者の子息だったが、素行が悪くて働きに出されたという噂《うわさ》がまことしやかに流れていたそうだ。

早速あちこちから視線を感じるが、城で向けられた悪意と比べれば、そよ風のようなものだ。

「慣れないことも多いでしょうから、困ったら何でも相談して下さいね」

目の前のフェリシアさんからは、僕のことを心底気遣っている様子が窺《うかが》える。

小麦色の髪。無垢《むく》な瞳。野花のような雰囲気を持った人だ。

なんとなく彼女はいい人な気がする。

「宜しくお願いします、フェリシア先輩」

「フェリシア、先輩……」

眼前の女性はそうつぶやいて、にへぇと笑った。

「あの？」

「あ、すいません。今まで後輩がいなかったので、ちょっと嬉《うれ》しくて。他に質問はありますか」

「ギルド長からは雑用をしてくれと言われましたが、何をすればいいですか？」

「そうですねぇ。雑用係という職がこれまでなかったので、実は私たちも対応を考えているところでして……すいません」

「いえ、仕事がないならないで僕は全く困りません。じゃあ、帰っていいですか？」

「すごい爽やかに早退宣言した！」

「家にこもるのが大好きなんです」

「あ、素行が悪いってそっち……？」

ただ、クビにならない程度には働かなければならない。

フェリシアさんは机の引き出しから、分厚い本を取り出した。

「とりあえず私たちの業務は冒険者規則に沿って行われますので、まずはこれを勉強してもらいましょうか」

「それはもう覚えました」

「は？」

「え？」

何か変なことを言っただろうか。

フェリシアさんは不思議そうに何度か瞬きをする。

「覚えた？　いつ覚えたんですか？」

「昨日ギルド長との面談の後にその本を渡されたので」

「は？　昨日？」

「はい」

上級魔導書のように複雑怪奇な魔法理論をこねくりまわすものと違って、冒険者規則は単なる決め事の羅列に過ぎない。ただ量が多いだけなら、一日もあれば十分だろう。フィオナ姉さんだってそれくらいは容易いはずだ。

「あの、テネスさん。先輩の前だからって、無理していい格好しなくてもいいんですよ」

なぜかフェリシア先輩は僕を気遣うように言った。

なんだかどこかで聞いたことのある台詞だ。

「いえ、本当ですけど」

「じゃ、じゃあ、冒険者規則第二条三項は？」

「二条は冒険者資格の取得に関する条文ですね。中でも三項は、実技試験の原則が記載されています。具体的には戦闘能力、耐久性、敏捷性《びんしょう》、持久力、情報収集力、コミュニケーション能力、その他特殊能力についての規定があります」

「え、嘘《うそ》。私だってまだちゃんと全部覚えてないのに」

「あはは、そんなまさか。面白い冗談ですね」

「む、むぅ」

フェリシアさんは唇を結ぶと、本を手元に引き寄せながら言った。

「じゃ、じゃあ、第二十三条八項は？」

「二十三条は経費精算の条文ですね。基本的には冒険は自腹ですが、特定の条件を満たすことで経費として補塡されることがあります。八項は移動関係で、馬車旅についての規定が記載されています」

「う……」

言葉に詰まったフェリシアさんだが、ふと気づいたように得意げな顔になった。

「お、惜しいですねっ。船旅に関する規定を忘れていませんか？」

「船旅の規定は八項ではなく、十項ですね」

「え？　あ、そ、そうか」

本を勢いよくめくったフェリシアさんは、視線を下に落としたままごほんと咳払《せきばら》いをした。

「ま、まあ、私も知ってはいましたけど。引っ掛けだったのになぁ、かからなかったかぁ～」

そんな彼女の耳は真っ赤になっている。

よくわからないが、やっぱりいい人のようだ。

フェリシアさんは顔の前で手を合わせて、怪訝《けげん》な表情を浮かべた。

「というか……テネスさん、何者ですか？」

「ただの影の薄い引きこもりです」

「そ、そうですか」

しばし額を押さえたフェリシアさんは、息を吐いて立ち上がった。

「とりあえず何か仕事がないか他の人にも聞いてみますね」

「お願いします。でも、なければないで全然構いません！」

「爽やかに業務拒否！」


その後、僕に降ってきた仕事は建物の裏庭の草むしりだった。

「草むしり……ですか？」

「ご、ごめんなさい。テネスさんは優秀そうだから、そんな仕事をさせるのはどうかと思ったんですが、同僚のヒューミッドが新人ならそれくらいやれって……」

「構いませんよ」

恐縮するフェリシアさんに僕は笑顔で言った。

裏庭に出ると、芝のあちこちから不揃《ふぞろ》いに雑草が飛び出していた。

窓から若い男がにやにや笑ってこっちを向いているのに気づく。多分あれが僕に草むしりという雑務を供与してくれたヒューミッドだ。

もしかしたら嫌がらせのつもりなのかもしれない。

つい先日まで上級貴族で次期領主候補だった僕が、こんな片田舎で草むしりとは。

「……なんて最高なんだ」

僕は一人裏庭に腰をかがめてつぶやいた。

誰とも喋《しゃべ》らず、ただ草をむしればいいなんて、素晴らしい仕事じゃないか。

ここは建物の陰になっているから、陽射しの暑さもない。

特殊な生まれのせいで、否応なく引きこもりになった僕にとっては、まさに望み通りの天職。

ありがとう、ルメール家。

鼻歌を歌いながら、火属性の魔力を手に宿し、草の表面に触れる。魔力が根元に到達し、雑草は根から黒い灰になっていく。後は適当に芝を散らして、魔力の証拠隠滅。

「……」

僕はかがんだまま、少し後ろを振り返った。

相変わらずヒューミッドはにやにやしてこっちを見ている。

――やってみるか。

実は【隠者】認定されたあの『神託』の日から、僕には試してみたいことがあった。

息を吸う、吐く、吸う……吐く……。

呼吸を意識的に遅くしていき、やがてぴたりと止める。

「……？」

窓の向こう側にいる男の顔が少し慌てた。

立ち上がって、きょろきょろと外を見回している。

しばらくして僕が呼吸を再開すると、ヒューミッドは突然僕が現れたかのように驚いて後ろによろけた。

「やっぱり……」

元々存在感が薄かったが、集中すると前よりも更に他者に気づかれにくくなっている。

目の前にいたのに、ヒューミッドは僕の姿を見失ったのだ。

「次は……」

もう一度呼吸を止め、今度は動作も止めて、瞳を薄く閉じる。

自身の身体が小さな闇の粒子となって、空気に溶け込んでいくようなイメージ。この世から自分の痕跡を一切合切消してしまうように――

そのまま薄目をゆっくりとヒューミッドに向けると、彼はもう窓の外を見ていなかった。

机に向かって一心不乱に書き物をしている。

まるで僕の存在自体を忘れてしまっているかのように。

僕が立ち上がると、ヒューミッドは再び慌てたように窓の外に目を向ける。

一つの仮説が、確信に変わりつつあった。

僕は『神託』の日に、神にジョブを与えられなかった。

しかし、それは誰の目にも見えない【隠者】というジョブを獲得した瞬間でもあったのかもしれない、ということだ。

おそらく、【隠者】の特性は【目立たない】。

そんな単純な、日陰者として生まれた僕にある意味ぴったりの、一見笑いものにすらなりそうなその性質は、しかし使いようによっては恐るべき力を秘めていると僕は考えた。

まだまだ検証は必要だが、呼吸を止めてじっとしていれば、標的の視界から消える。

更にもう一段階気配を薄くすれば、存在すら一瞬忘れさせることができる。

きっと他にも様々な応用がありそうだ。

「なんということだ……」

僕は自身の唇がわなわなと震えていることに気づいた。

「引きこもり生活に最適なジョブじゃないかっ。まさに僕の天職！」

もしもこのジョブを極めることができれば、早退も昼寝も思いのまま。

仕事の気が乗らない平日は、存在感を極限まで薄くして、僕の存在自体を忘れてもらえばいい。

「ありがとう、ルメール家！」

僕は天を仰いだ。

「ありがとう、フィオナ姉さん……」

姉の名をつぶやき、僕はしばらくその場で動きを止めた。

僕は昔から目立つのが好きじゃない。

だから、このままギルドの裏方職員として、【隠者】の能力を使って、のんびりひっそり楽しく余生を過ごすことに何の躊躇《ためら》いもない。

ただ、その前に一つだけ確認しておくことがあった。


建物に戻ると、フェリシアさんが素早い動作で氷入りのお茶を差し出してきた。

「はいどうぞ、テネスさん」

「ありがとうございます」

「先輩ですから。お茶くみの速度には自信があるんです」

フェリシアさんはなぜか得意げな顔を見せる。

先輩という立場にこだわりがありそうだが、多分お茶くみは先輩がやることではない。

でも、彼女がいい人だということだけはよくわかった。

その様子を苦々しい顔で見ていたヒューミッドが勢いよく席から立ち上がる。

「おい、新入り。草むしりはどうした」

「もう終わりました」

「は？　そんな訳――」

ヒューミッドは改めて窓の外を見て、もう一度「は？」と声を出した。

不揃いな雑草は綺麗《きれい》さっぱりなくなり、見事な芝の絨毯《じゅうたん》が裏庭を埋めている。

雷属性の魔法で筋力を強化し、火属性の魔力を雑草に順番に注いでいけばいいだけなので大した手間ではなかった。

「他に仕事は……」

言いかけた僕の目が、テーブルに置かれた新聞に留まる。

「ないですよね。もう終業時間ですし。じゃあお先に！」

「勝手に話を進めてすごい爽やかに帰った！」

「おい、ちょっと、お前っ」

フェリシアさんとヒューミッドを背に、僕は建物の裏口から颯爽《さっそう》と出て行った。


住宅街の一角にある借家に着いて、ほっと息をつく。

この借家はルメール城の百分の一以下の大きさしかないが、五、六歩も歩けば壁に突き当たるところは以前の部屋と大して変わらない。

元上級貴族の僕が、こんな下級市民が住むようなボロ家にいるなんて――

「いい……」

この狭さと薄暗さが、僕に得も言われぬ落ち着きを与える。

「欲を言えば、もう少し閉塞感が欲しいな」

一応窓があるので、西日が入ってくるのだ。

僕はきぃと軋《きし》む椅子に腰を下ろし、手に持つ新聞を見つめた。これは冒険者ギルドから拝借してきたものだが、持ち出すのを誰にも咎《とが》められることはなかった。

触れた新聞を【隠す】ように意識したからだ。

「ふむ……」

どうやら【隠者】の能力は、今のところ二種類あるようだ。

自分自身の存在感を薄くする能力。

触れたものの気配を薄くする能力。

前者を『薄影』。後者を『神隠し』と名付けることにしようと決め、僕は紙面を眺める。

「始まったか……」

それは十貴将、序列八位のバルザック家と、序列十位エクスロード家の領地の境界付近で小競り合いが起きているとの記事だった。この見出しが目に入って新聞を拝借することにしたのだ。

――十貴将の次期当主の中から、もっとも相応しい者を次期皇帝にする。

神の声を受けて、継承戦の狼煙《のろし》がもう上がり始めている。

「あぁ、面倒事は嫌だなぁ……」

僕は何かに区切りをつけるようにつぶやき――やがてゆっくりと立ち上がった。

+++

白鳥城。

十貴将が一角、ルメール家の居住する城は、目にも眩《まぶ》しい白亜の外壁で囲まれていることから、そのように呼ばれることもある。

夜の帳が降りて、月がその姿を幻想的に闇に浮かび上がらせていた。

今、城下町を見下ろすバルコニーの一角に、二人分の人影がある。

輝く黄金色の髪。憂いを帯びたエメラルド色の瞳。

ルメール家の次期当主であり、【聖女】のジョブを得たフィオナ・ルメールである。

彼女の後ろに立つ古参の侍女が、心配そうに言った。

「また泣いていたのですか、フィオナ様」

「泣いてないわよ」

「涙の痕がくっきりついておりますよ」

「こ、これは違うの」

フィオナはごしごしと目をこする。

「テネス様のことですか」

「……」

押し黙ったフィオナに侍女が言った。

「そんなに泣くなら、追放なんていう真似をしなければよかったじゃないですか」

「だって……テネスはこの家に向いてないから」

フィオナは絞り出すように言葉を発する。

「私も子供じゃないわ。テネスがあんな場所に閉じ込められていたのは身体が弱いからだってお父様は言ってたけど、そうじゃないことはわかっていた。あの子がどんなジョブを貰《もら》っても、私が守るつもりでいたけど、まさか【隠者】になるなんて……」

神の寵愛《ちょうあい》から漏れた者。

継承戦を戦うに当たって、これほど縁起の悪い存在はいない、と周りは考えるだろう。

バルコニーの椅子に座るフィオナの前髪が夜風に揺れた。

「お父様が次期当主に私を指名した以上、このまま城にいればあの子の身に危険が及ぶかもしれない。もうお父様にあの子を守る理由がなくなってしまったから」

「だから、貴族資格を剝奪して追放したんですか」

「貴族でなくなれば、家の者ももう気にかけないと思ったの」

「それならご本人にもそう伝えればよかったじゃないですか。変に恨まれたらどうするんですか」

「私だけずっと恵まれた立場にいたんですもの。恨まれていいの。むしろ私を恨んで、憎んで、もうこの城に近づかないほうがいい。優しい人たちに囲まれて、のんびりと静かに過ごせる場所にいてくれたら」

「フィオナ様……」

侍女は溜《た》め息をつく。

「ただ、それではあなた様が今後皇位継承に巻き込まれることになるのですよ」

皇帝陛下の容態はあまり芳しくないと聞く。

新聞にも報道があったが、次期皇帝の座を巡る小競り合いが既に始まっているようだ。

「私が逃げる訳にはいかないわ。私が逃げれば、次は親戚の誰かが候補者として巻き込まれる」

「フィオナ様は争いがお嫌いでしょう」

「嫌いよ。だから、私が先頭に立って不毛な争いを終わらせるの。きっとそのために私は【聖女】になった」

「あなたという人は……」

「今日はもう下がっていいわ。私はもう少し風に当たっているから」

女中はもう一度溜め息をつくと、頭を下げてその場を後にした。

フィオナはバルコニーに置かれたベンチに腰を下ろし、城下町を見下ろす。

この地を治めるルメール家。

ここを含む十の広大な領地を統括するのが、ノヴァリウス神皇国の皇帝だ。

その座を得た者には一つ大きな特典がある、と言われている。

それは神に謁見し、願いを一つ叶《かな》えてもらえるというもの。

やりようによっては世界の在り方をも変えることができる。

「私がやらないと……」

フィオナは手の平を自身に向けた。

この細腕に、領地の未来が、民草の生活が、重くのしかかっている。

膝頭に額をうずめ、フィオナは震える声で言った。

「でも、怖いよ。テネス……」


「やっぱり、そうだったか」

夜の闇の中から、黒髪の少年がぼんやりと姿を現した。

いつの間にかベンチで寝入っている姉のそばに、テネスは足音を殺して近寄る。

ここに来たのは、自らを追放した姉の真意を知るためだった。気配を消し、時に息を止め、密かに姉の部屋へと侵入し、一部始終を見届けた。

結果は予想していた通りのものだった。

姉が自分を追放したのは、一族の悪意から自分を守り遠ざけるため。

フィオナ・ルメールはそういう人だ。

「せっかく二人で引きこもろうと思ってたのに……」

テネスは姉の寝顔を見てつぶやいた。

もしもフィオナが今の立場を望んでいなければ、姉を密かに城から連れ去るつもりだった。

その後、親戚の誰が次期領主に祭り上げられようが知ったことではない。

だが、そうはいかなくなった。

姉の決意を聞いてしまった以上は、黙って連れ去る訳にはいかない。

もし強引に連れて行ったとしても、姉はきっとここに戻ってくるだろう。

「姉さん、約束を覚えてる？」

――私に何かあったら、テネスが助ける。テネスに何かあったら私が助ける。

あの時は一笑に付されてしまったけれど。

姉は約束通り、【隠者】となって蔑まれた自分を守ってくれた。

ならば、次は自分の番である。

とはいえ、継承戦の渦中に身を投じるということは、この城にいる時以上に多くの悪意、殺意、陰謀に身を晒《さら》すということになりかねない。

人間嫌いの引きこもりには荷が重い役割だ。

それに加えて姉にばれる訳にもいかない。知れば、フィオナは無理やりにでも自分を遠ざけようとするだろう。

ならば、できることは一つである。

「暗躍するか……引きこもりらしく」

表向きは片田舎のギルドの雑用係として。

しかし、裏では黒幕として、陰の世界の住人として、継承戦の趨勢《すうせい》を操る。

眠っている姉の頰についた涙の痕を眺めて、テネスは言った。

「……手のかかる姉だ」

「テネスっ？」

フィオナはふと目を覚まして、辺りをきょろきょろと見回した。

なんだか弟の夢を見た気がした。

バルコニーの周囲にも、どこか弟の残り香のようなものが漂っているような感覚がある。

「って、そんな訳ないか……」

ただでさえ自分を恨んでいるであろう弟が、厳しい城の警備の目をかいくぐってここまで会いに来る理由などない。

自嘲気味に笑って、フィオナはふと気づいた。

いつの間にか肩に毛布がかけられている。

侍女が気を利かせてくれたのだろうか。それとも――

「まさか……」

フィオナはごくりと喉を鳴らして夜の闇に目を向けるが、そこにはただ茫漠《ぼうばく》とした暗闇が横たわっているだけで、誰の姿も見つけることはできなかった。

第三章　地下迷宮の剣姫

広大な国土を有するノヴァリウス神皇国は、皇帝のいる帝都を中心に十の地域に分割されている。

今、序列八位のバルザック領と、序列十位のエクスロード領の境――低木がまばらに分布する荒野で、両州の軍隊が衝突していた。

土埃《つちぼこり》と血飛沫《しぶき》が舞い、怒声と悲鳴に交じって、剣と剣がぶつかり合う金属音が辺りに鳴り響いている。

バルザック軍が東側を突破すれば、エクスロード軍が西側を打破する。

そんな拮抗《きっこう》したつばぜり合いが、この数週間繰り広げられていた。

そんな中、バルザック領後方の丘に、数百の部隊が新たに到着した。

先頭で馬に乗るのは、燃えるような紅蓮《ぐれん》の髪を逆立てた男だ。

男は荒野で繰り広げられる戦闘を見下ろして悪態をついた。

「おいおい、何をちんたらやってんだよ」

「イグナス様っ」

戦場にいた兵士長が慌てた様子で駆け寄った。

「次期当主がこのような場に出てこられなくても」

「お前らがいつまでもだらだらやってるからだろ。俺ぁ待つのが嫌いなんだ」

「し、しかし、我らは言うなれば同じ皇国の同胞。他領に攻め込むにはそれなりの大義名分が必要になります。現在は領地侵犯という体裁で戦闘を継続しており、こちらの損害状況を確認し、しかるのちに――」

「なあ」

「は、はいっ」

男の声が一段低くなり、兵士長は反射的に背筋を伸ばす。

「大義名分って何だぁ？　ウィニー」

男は隣で馬に乗る少女に視線を向けた。

目つきが悪い少女で、体格は小柄だが、背中に背丈ほどもある斧《おの》を背負っていた。

「大義名分とは、皆が納得する理由っす」

「納得する理由だぁ？　それならあるじゃねえか」

――皇位継承戦。

イグナスと呼ばれた男は、そう宣言して兵士長を指さした。

「いいか。神はもっとも相応しい者を次の皇帝にするんだろ？」

「は、はい」

「俺の記憶が正しけりゃ、俺らの序列は八位だ。このまま皇帝がおっちんだら、その椅子が八位に転がり込んでくるか？　来ねえだろ？」

「そ、それは」

「俺ぁ馬鹿だからよぉ、単純に考えんだ。他の次期当主を全員ぶっ倒して、十貴将の証したる宝玉を奪い取る。正統な次期当主が俺だけになりゃ、否応なく俺が次の皇帝だ。間違ってるか、ウィニー？」

「正しいっす」

「だよなぁ」

男は口元に笑みを浮かべると、馬の腹を蹴って混戦の前に悠々と進み出た。

「おい、あいつら邪魔だ」

「は、はっ！」

兵士長が銅鑼《どら》を鳴らすと、自軍の兵士たちが戦闘を中断して引き返してきた。

それを追うように、エクスロード軍が迫ってくる。

怒声と数多の刃を向けられる中、男は一人平然とした顔で右手をゆっくり掲げた。

そこにぼんやりと赤い光が浮かぶ。

火種が大きくなるように、やがてそれが燃え盛る火炎へと変化《へんげ》した。

「《火柱《コア・フレイム》》」

腕から放たれた業火が渦を巻き、まるで嵐のように相手の軍勢へと襲い掛かる。

灼熱《しゃくねつ》の波が荒野を通り過ぎると、後に残るのは倒れ伏した敵軍の悲鳴と呻《うめ》き声だった。

一瞬で焦土と化した戦場を眺めて、男は高らかに宣言した。

「【炎帝】からエクスロード家の当主に伝言だ。さっさと宝玉を寄越せ。大事な領地と領民を根こそぎ灰にされたくなきゃな」

＋＋＋

「うーん……」

序列八位のバルザック家が、序列十位のエクスロード家に宣戦布告。

戦場から離れたルメール領の片田舎、ラボス地区の冒険者ギルドにもその一報は届いていた。

「難しい顔をしてどうしたんですか、テネスさん」

「ああ、フェリシア先輩」

茜色《あかねいろ》の日が小さな窓から射す夕方。倉庫の一角に置いた机で、僕は新聞から顔を離し、小麦色の髪を揺らすギルドの先輩女性に目を向ける。

「いえ、ちょっと困ったなぁって」

すると、フェリシアさんはむふぅと鼻を鳴らした。

「仕事でわからないことでもありましたか？　先輩の私に何でも相談して下さいね」

「仕事のことじゃないんです」

「仕事のことじゃない？　というか、あれ？」

フェリシアさんはそこで気づいたように言った。

「そういえば、なんで倉庫に机を持ち込んで優雅に新聞読んでたんですか?」

「雑用は片付いたので休憩してました。この倉庫、いい感じに閉塞感があって落ち着くので」

「落ち着く……? というか、書類の整理かなりの量があったと思いますけど。一週間はかかるかと思ってたんですが」

「午前中には終わりました。冒険者規約の条項に沿って並べるだけなので」

「むむぅ」

「そうだ、フェリシア先輩に聞きたいことがあるんです」

「は、はいっ。なんでも聞いて下さい」

ぱっと花が咲いたようにフェリシアさんの顔が明るくなる。

「この近辺に、それなりに広くて目立たない廃墟《はいきょ》みたいな場所ありますか?」

「え?」

継承戦争の渦中にいるフィオナ姉さんを密かに支援する。

それが僕の目的だが、そのためには下準備がいる。

当初は【隠者】の能力を駆使して、他の十貴将の城に忍び込んで対象者を全員暗殺してまわるというのも考えた。世界でただ一人の姉のためならば、僕は冷静にそれを実行できる自信がある。

ただあまり現実的ではないことにも気づいた。

ルメール城なら幼い頃から勝手を知っているので容易に忍び込めるが、他領ではそうはいかないだろう。幾ら僕が目立たなくても強固な警備を全てかわしきれる確証はないし、気配を完全に消す能力も、現在はごく短時間しか使えない。そもそも体力もない。

何より『神託』は、次の皇帝にもっとも相応しい者を選ぶ、と言っている。

普通に考えれば、十貴将の証たる宝玉を最も沢山手にした者ではないかと思うのだが、仮に暗殺に成功しても本人の意思なしには宝玉は他人に譲渡できないのだ。それに『神託』の意図がもう少し判明するまでは、あまり思い切った手段は取りにくい。

フェリシアさんは丸い瞳をぱちくりと瞬かせる。

「ええと、なんで廃墟を探してるんですか？」

「廃墟巡りが趣味なんです」

いずれにせよ僕にはもっと力が必要だ。

拠点。人員。資金。

十貴将にも負けないような闇の一大勢力を密かに構築し、裏から姉を支援する。

それが引きこもり気質の僕のやり方である。

「か、変わった趣味ですね。でも、テネスさんそれっぽいかも」

それっぽいと言われてしまった。

自分でも否定はしないけど。

今の借家は拠点とするにはさすがに狭すぎる。まずは組織のアジトを見つける必要があった。

目立たず、それなりの人員を収容でき、職場にも出勤しやすい場所。

縁が切れたとはいえ、現領主と血が繋《つな》がっている僕の動向を、ルメール家はチェックしているはずだ。だから、辺境ではなく比較的監視がしやすい州都の近郊に僕の職場を確保した。

表向きはギルドの雑用係として出勤は続けておかなければならない。

そういう意味でも、僕の代わりに動いてくれるなんらかの組織を構築する必要がある。

「そうですねぇ。住宅街を歩けば空き家は時々見つけますけど」

「住宅街は……残念ながら廃墟の趣に欠けますね」

「廃墟の趣って何……？」

組織の人員が出入りするので、人通りの多い場所は選べない。

「他には、えっと……」

フェリシアさんは眉間に皺《しわ》を寄せて必死に考えてくれている。

やっぱりいい人だ。

「中央通りからは離れますけど、管理者を探している農園があったと思います」

「農園……悪くないですね。広そうだし、周りに民家もなさそうだ」

「確か所有はルメール家で」

「あ、それはなしで」

「なぜっ？」

フェリシアさんは両手の人差し指をこめかみに当てて、うんうんと唸《うな》り、やがて眼を開けた。

「そういえば……廃墟かどうかわからないけど、山中に古い墓地があるという噂《うわさ》がありますけど」

「あ、そうか……！」

僕はつぶやいて顔を上げた。

城にいた時、山中訓練のついでに訪れていた古い墓地。

あれは城の西側に広がる山のかなり奥まった場所にあった。

そして、ラボス地区はそれらの山々を南側に越えたところにある。

ということは、こちら側からも到達できる訳だ。

僕は立ち上がって言った。

「ありがとうございます。さすがフェリシア先輩です」

「え、あ、ど、どういたしまして」

「じゃあ、僕帰ります。もう定時なので！」

「めちゃめちゃ爽やかに帰っていった！　あ、でもあそこは魔獣《まじゅう》が出るって噂だから近づいちゃ駄目ですよっ！」

そんな声に笑顔で頷《うなず》いて、僕は冒険者ギルドを後にした。

+++

墓地のある洞窟はそれなりの広さがあって、目立たず、何より魔獣が出るので寄り付く者がいない。

拠点候補に最適と思えた。

「さて……」

墓地のある洞窟に着いた頃には、もう日が山裾に飲み込まれようとしていた。

暗く、湿っぽく、どこか冷え冷えとしていて、相変わらず僕好みの空間だ。響くのは足音くらいで、人の気配が感じられない点も最高である。

「でもなぁ……」

改めて確認すると、問題がない訳でもない。

まず、四角い石があちこちにあるので、足場が悪い。これらは全て墓石だと思われるので、綺麗《きれい》に片付けようと思うと、石の下に埋まっているであろう遺体ごと掘り出す必要があり、なかなかの手間である。

魔獣が出没する危険区域というのも問題だ。人を遠ざけるという意味ではいいが、訓練でもないのにいちいち襲ってくる魔獣の相手をするのは面倒だ。

それにフィオナ姉さんに場所を知られているのも好材料とは言えない。

「うーん、どうしようかな」

「くーん」

ふと声がして、僕は洞窟の奥に目を向けた。

「プリル」

時々世話をしていたブラックフェンリルの赤ちゃんが駆け寄ってくる。

プリルは僕の身体をよじ登って、肩へと乗ってきた。

「あはは、元気だった？」

喉を指で撫《な》でると、ぐるぐると心地よさそうに鳴いている。

「お前はいつもここにいるね」

きっとこの場所が気に入っているのだろう。僕と似ている。

「……」

ふと思った。プリルはなぜ無事なのだろう。これまであまり気にしたことがなかったが、いかに伝説級の魔獣とはいえ、まだ赤ん坊である。一応ここは危険区域。前のように突然魔獣が襲来してこないとも限らない。

「もしかして、どこかに安全な場所がある？」

「わふっ」

プリルは僕の肩から跳び下りると、洞窟の奥へと駆けて行った。

後を追うと、奥まった場所にある墓の手前で、こっちを向いて止まっている。

「……」

そばに寄ると前髪がわずかに浮き上がった。

風だ。

ほんのかすかに空気に流れを感じる。

「これは……」

しゃがんでみると、劣化した墓石の一部が手の平サイズに欠けており、風はそこから吹いてきているようだ。

「もしかして、ここに住んでる？」

「わふっ」

ブリルは肯定するように鳴くと、身をよじって墓石の亀裂の中に入っていった。

僕は同い年の男性と比べると小柄だが、さすがに通れる大きさではない。とりあえず光魔法で照らしてみるが、闇が沈殿していて不思議と中が見通せなかった。

「……」

しばらく考えて、隙間に右手を差し込んでみると、ぶぅん、と虫の羽音のような響きが鼓膜を震わせた。触れている墓石に赤黒い文様が浮かび上がり、石が扉のようにゆっくりと左右に分かたれた。

「おぉ……」

墓石の下にあったのは白骨体でもミイラでもなく、地下へと向かう階段だった。

暗闇の奥まで伸びており、先がどうなっているかはわからない。

明らかに人為的に作られたもので、一瞬、城のどこかに繋がる隠し通路かと考えたが、さすがに距離がありすぎる。誰が何のために用意したのか一切不明だが、不思議と深い穴の底に誘われているような心地に囚われてしまう。

罠《わな》、かもしれない。

こんな怪しげな空間にわざわざ足を踏み入れるなんて、考えなしのすることだ。

「するけどね。むしろ積極的に」

僕は大した躊躇《ちゅうちょ》もなく、階段を下り始めた。

墓石の下の地下通路。まるで秘密基地だ。

引きこもるのにまたとない、こんな場所を探検しない理由がない。

「これはいいぞ」

漆黒の闇。うっすら漂う冷気。得も言われぬ圧迫感。

静かに興奮してくる。

しかも、空気穴がどこかにあるのか、黴臭《かびくさ》さはそれほどない。

不思議なのは、城にいた頃に何度もこの洞窟に通っていたのに、隠し階段を発見することはできなかったことだ。もしかしたら【隠者】の能力に関係しているのかもしれない。隠れるのが上手なジョブだと思っていたが、隠されたものを見つけ出すのも得意になっている可能性もある。

「おぉ……！」

階段を底まで下りると、両壁にぼんやりした炎が宿った。

そこは円形のホールで煉瓦《れんが》のような壁に複数の扉が配置されている。

本当に秘密基地そのものだ。

一体、どのくらい地下まで来たのだろう。階段の段数を数えていたはずだが、途中でよくわからなくなった。ひどく長かったようにも、短かったようにも思える。何かしらの仕掛けがあるのかもしれない。

「プリル」

案内者に声をかけるが、返答はない。既にねぐらに戻っているのだろうか。

仕方ないので、僕は正面の一番大きな扉に手をかけた。

再び赤黒い文様が壁面に浮かび上がり、それが音を立てて左右に開く。

「……っ！」

思わず息を呑《の》んで立ち止まった。

さっきのホールよりも更に広い部屋で、書庫と言えばいいのか、無数の本棚が乱雑に配置されている。あっちを向いているもの、こっちを向いているもの、僕の背丈くらいの本棚もあれば、見上げるほど高いものもある。まるで本の森だ。

だが、次の瞬間には、僕の視線は部屋の中央に固定されていた。

「お客様はいつ以来でしょう。ようこそおいで下さいました」

それは可憐《かれん》な少女の外観をしていた。

真っ白な肌。宝石のような青い瞳。流水のごとき青い髪を後ろで一つに結んでいる。

人間離れした美貌を宿した少女は、なぜかメイド服をまとっていた。

「ええと……こんにちは」

とりあえず挨拶をして、軽く頭を下げる。

彼女が何者なのか、なぜメイド服をまとっているのかというより前に、僕は先客がいたことに若干落胆していた。これだけの施設なのだから、既に利用者がいたとしても仕方がないが。

もしかしたら、彼女がここを作ったのだろうか。だとすれば交渉次第では、一部を間借りできるかもしれない。

そう思って少女に一歩近づくと、彼女は小さく首を傾げた。

「こんにち、は……?」

虚空に目を向け、続けて口を開く。

「今の時間帯では、こんばんは、というのが正しいと思われます」

「ああ、そうか。確かに」

位置感覚がおかしくなると、時間感覚も曖昧になるが、確かにもう夕方を過ぎているはずだ。

僕はもう一度頭を下げた。

「こんばんは」

「はい、こんばんは」

メイドはどこか機械的に応じた後、抑揚のない声で言った。

「せっかくお越し頂いたところ恐縮ですが、このままお帰り下さい。ここは余人の立ち入る場所ではありません」

「いきなり追い返される?」

「はい」

「その前に幾つか質問いいですか?」

僕が右手を挙げると、メイドは無表情に答える。

「侵入者の質問は受け付けておりません」

「あなたは誰ですか? ここは一体何ですか? 所有者はどなたですか? 賃貸に出す気はありま

すか？」

「質問は受け付けないと言ったはずですが？」

「じゃあ、一つだけでも」

「ですから……ああ、いや、違う」

僕が食い下がると、メイドは緩く首を振った。その視線は彼女の背後の壁にある古い額縁に向けられている。少しの間、同じ姿勢のままでいた彼女は、やがて思い直したように言った。

「やはり質問を受け付けましょう」

「ありがとう。でも、どうして急に？」

「ここを知られた以上、どの道生かして帰すことはありませんので」

あまり聞きたくない理由だった。

「要は冥土の土産というやつです」

「メイドだけに？」

「それは冗談というものですか？」

「気を悪くしたのなら謝るよ」

彼女の右手には、いつの間にか一本の刀剣が握られている。

闇を凝縮して、丁寧に研いだような漆黒の刃。とてつもなく不穏な空気をまとっており、僕は無意識に一歩下がった。

「冗談がつまらないからといって、凶器を取り出すのは過剰反応じゃないかな」

「冗談の内容にかかわらず侵入者を葬るのは同じです」

「それじゃ報われないな」

「人生とはそういうものでしょう」

確かにそうだ。もしかしたら意外と気が合うのかもしれない。

彼女の持つ真っ黒な刀身が怪しく輝いた直後、空間に横一文字の線が描かれた。

空気が裂け、本棚が二つに割れ、壁に鋭利な亀裂が入る。

音が遅れてやってきて、突風とともに床に散乱した本を根こそぎ巻き上げた。

「ああ、そうでした。質問に答えるのでした」

分厚い書籍が雨のように降り注ぐ中、メイドは冷然と言った。

「私が何者か……名はリーシャロッテ。かつては【剣姫】と呼ばれておりました」

淡々とした自己紹介が静寂の空間に響き渡る。

「質問に答えるのが遅いよ。普通ならもう死んでる」

「……」

リーシャロッテと名乗ったメイドは、わずかに目を開いて身体を後ろに向けた。

背後にまわり込んでいた僕に、青い視線が突き刺さる。

「いつの間に……」

「今日ほど目立たなくてよかったと思ったことはないよ」

とはいえ、危ないところだった。

嫌な予感がして咄嗟《とっさ》に雷魔法で筋力強化。【隠者】の能力で気配を消して後ろにまわり込んだ。

判断が一瞬遅れていれば、僕の上半身と下半身は永遠の別れを迎えるところだった。

「質問の追加いいかな？　冥土の土産として」

気になることがあって片手を挙げると、メイドは少し不服そうに頷いた。

「……どうぞ」

「【剣姫】って、伝説上の人物だよね？　しかも、僕の記憶が正しければ、百年以上前の人物だった気がするけど」

「もうそんなになりますか」

「まさかの本人？　ということは――」

ゆっくりと近づいてくるメイドに、僕は言った。

「君は人間じゃないね」

人嫌いな僕が、なんだか彼女とは気が合いそうに思えた理由がわかった。

百年以上この容姿を保つのは当然のごとく生身の人間には不可能だ。

「はい、私は機巧生命《きこうせいめい》です」

漆黒の剣《つるぎ》をおもむろに構えて彼女は答える。

いつでも呼吸を止められる準備をしながら、僕は感想を口にした。

「驚いたな。機巧生命は数百年前から魔術師たちが研究しているテーマだよね。実現したという話は聞いたことがないけど」

「私以外はうまくいかなかったようです。私を創造した盟主も偶然成功したとおっしゃっておりました」

だとすると、彼女はおそらく史上唯一の機巧生命の成功体ということになる。

極めて貴重なサンプルであり、魔術学会に報告すれば大注目間違いなしだ。

更に言えば、歴史上も謎が多い【剣姫】リーシャロッテが、その機巧生命だったとなればおそらく学会はひっくり返るだろう。

数々の定説が覆され、僕は一躍学術界の寵児《ちょうじ》になれるかもしれない。

勿論《もちろん》、そんなつもりはさらさらないが。

「君を造った盟主って一体――」

続きを口にすることはできなかった。

言い終わる前に第二撃がやってきたからだ。

予備動作の段階から呼吸を止め、相手の視界から消える。身を伏せた瞬間に、ほんの少し前にいた場所を斬撃が通り過ぎた。

【剣姫】の伝説は城の書庫にある本でも読んだ。

歴史家の創作も多少は交じっているだろうが、たった一人で千人を擁する一個師団を壊滅させたという伝説もあながち嘘《うそ》ではなさそうだ。

「姿が一瞬消える……厄介ですね」

第三撃。第四撃。第五撃。

続けざまに一撃必殺の斬撃が乱れ飛ぶ。あちこちに深い爪痕のような亀裂が入り、静謐《せいひつ》な雰囲気に満ちていた書庫は、まるでドラゴンが暴れた後のように荒れ果てた状態に様変わりした。

「ああ、貴重っぽい本が。盟主とやらに怒られるんじゃ？」

呼吸を再開して姿を現した僕は、一番大きな鉄の本棚に手をかけてつぶやいた。

「盟約では、侵入者の排除は資産の保護より優先されます」

再び僕を認識したメイドは、こちらへと向き直る。

「それより、どうして一瞬あなたの姿を見失うのでしょう？　素早そうには見えませんが」

「それは質問かな？　答える代わりに、僕の質問にも答えてくれるかな？」

「……いいでしょう」

リーシャロッテはわずかに逡巡《しゅんじゅん》した後、そう答えた。

侵入者排除という任務を遂行する上では、僕が姿を消す謎を知っておく必要があると判断したようだ。

「ただ、妙な動きをしたら、すぐに斬りますよ」

「怖いね。じゃあ、質問に答えよう。姿が消えるのは、僕の特殊能力によるものなんだ」

「特殊……能力」

メイドは考えるように、左手で顎に触れた。

「僕は自分の存在感を限りなく薄くすることができる。そして……一冊本を取ってもいいかな？」

「――どうぞ」

許可を得て、僕は隣の見上げるような本棚から一冊の本を抜き出した。

「そして、自分だけではなく、触れたものの存在感を薄くすることもできる」

『神隠し』と名付けた能力を説明し、左手に掲げた本に、なるべくゆっくりと気配を薄くするイメージを送り込む。

僕の目からは変わらないが、多分相手からは少しずつ見えにくくなっているはずだ。

「……」

メイドの青い瞳が見開かれている。

ただ、それは本が消えたという以上の驚きのようにも見えた。

「どうかした？」

「まさか、その能力」

「……知ってるの？」

「いえ、でも、まさか」

常に落ち着きはらっていた【剣姫】が、心なしか狼狽《ろうばい》しているようだ。

理由はわからないが、これは追い風だと判断する。

僕の仕込みはもうすぐ完成する。

「触れているものを目立たなくする……といっても本くらいの大きさなら、それほど時間はかからない。ただ、対象が大きくなればそれだけ力も必要だし、持続時間も短く、当然手間だってかかる。だから、なんとかして時間を稼がなければならないんだ」

「何を……？」

わずかに眉をひそめたメイド。僕は前にゆっくりと体重をかけながら告げた。

「僕の勝ちだ。リーシャロッテ」

「え？」

直後、リーシャロッテの膝が折れ、そのままうつ伏せに倒れ込んだ。轟音《ごうおん》が響いて、辺りに無数の本が散らばる。彼女の上にはここで一番大きな金属の本棚が倒れた状態で乗っていた。

「これ、は……っ」

「見えなかったよね？　しばらく大人しくしてもらえると助かるよ」

僕は左手で本を、そして右手でずっと本棚に触れていた。

掲げた左手の本に相手の視線を注目させている間に、本棚のほうに力を注ぎ込み、相手の視界から消す。そして、筋力強化の状態で本棚に体重をかけ、相手に向かって押し倒す。

気づいた時には、彼女は鉄の本棚の下敷きになっていたという訳だ。

「これしきで決着がついたとでも？」

しかし、本棚の下からは、不穏な一言が聞こえる。

斬撃とともに鉄でできた本棚が七つに分断され、【剣姫】リーシャロッテが本の山に姿を現した。

「私は機巧生命だと言ったはずです。この程度の打撃では、私の外装に傷一つつけられませんよ」

「どうやらそのようだね」

「その力……あなたは何者ですか？」

「興味がある?」

「ない、とは言えません」

彼女はどうやら正直な人のようだ。正体を尋ねた時にも、【剣姫】であることを教えてくれた。

だから、僕も嘘はつかなかった。

「次は僕が質問する番だったはずだけど」

「どうぞ。ただし、質問を待てるかはわかりません。あなたの正体には興味がありますが、侵入者には変わりがない。盟約に従って排除するのみ」

「盟約ね……果たしてできるかな?」

「あなたの説明で理解しました。姿は消えても、そこにはいる訳ですよね。だったら気配を追えば捉えられます」

リーシャロッテが軽く床を蹴る。

瞬きの間もなく、彼女は僕の真横に立っていた。漆黒の剣の先端がこっちに向いている。

「今度は消えないのですか?」

「もう意味がないからね。だって、君は僕の能力に関心を持っている。それはもう殺意よりも強い感情だ」

「盟約において、私の興味は優先されません」

「その盟約がもうなくなったとしたら?」

「え……?」

リーシャロッテは突き出しかけた剣を、僕の首筋で止めた。

風がごうと唸って服を激しくはためかせたが、幸い僕の首はついたままだ。

「斬撃を止めてくれてよかった」

「どうして……?」

「盟約って、あれだよね?」

僕は一度リーシャロッテを見た後、視線を奥の壁に掛かった額縁に向けた。

額縁には古代文字で幾つかの文章が描かれている。そのうち二番目の文がかすれたように、読めなくなっている。

「君が本棚の下敷きになっている間に、僕の能力であの文章を【隠した】んだ。確かこう書いてあった。侵入者を排除せよ」

「古代文字が読めるのですか?」

「城では暇を持て余してたからね。勉強したんだ」

あれはおそらく契約魔術の一種だ。リーシャロッテと対面した時、質問を受け付けないと言ったのに突然態度が変わったりと、彼女は不安定な態度を見せた。

かなりの時間が経ったことで契約が劣化していたのだろう。

それでも解除は難しいが、『神隠し』の能力で隠すことならできる。

「これで君は、僕を排除する必然性はなくなった。そして――」

僕は改めて盟約の額縁に近づき、両手をかざした。

全ての文章の輪郭が次第にぼんやりとしてきて、やがて額縁は白紙に戻る。

「さっきは全てを隠す時間はなかったけど、これでもう君を縛るものは全てなくなった。と言っても、能力の持続時間には多分限りがあるから、定期的に隠し直す必要はあるけどね」

「どう、して……」

リーシャロッテは茫然《ぼうぜん》とした様子で立ちすくんでいる。

「強いて言えば仲間意識かな。誰かの命令でこんなところに閉じ込められ続けるのは嫌じゃないかと思って」

城にいた時の僕のように。

彼女は盟約に縛られて、百年を超える時間、侵入者を排除するためにこの場で待ち続けた。

「さて、約束だ。次は僕の質問に答えてもらおう。盟主って誰？」

「盟主は……」

リーシャロッテは言いかけて、反射的に額縁に目を向けた。

文字が全て消えていることを確認し、もう一度口を開く。

「あなたと同じような力を持っている方でした」

「だから、僕が力を使った時に驚いたのか。つまり、【隠者】？」

「確か、そうだったかと」

「……」

ルメール家の先祖には、【隠者】となり、一族を放逐された者がいた。

この場所は、その人物の隠れ家だったということか。

追放された後に、密かに山中の墓地に地下宮殿を作り、機巧メイドを作り上げた。

「今、どこにいるの？」

「わかりません。百年前にふらりと出て行ったきり……」

普通に考えれば、とっくに寿命を迎えているはずだ。何か不慮の事件に巻き込まれてアジトに戻ってこれなくなったのだろう。結果、リーシャロッテと盟約だけが後に残された。

「あの、侵入者様」

「それでもいいけど、一応名前はテネスっていうんだ」

「テネス様。私からも最後の質問をよろしいでしょうか？」

僕が頷くと、リーシャロッテはおもむろに言った。

「私を、テネス様の配下にして頂けないでしょうか」

「え、なんで？」

「私は盟主によって生み出され、ここで百年盟主を待ち続けました。いかに孤独でも、いかに退屈でも、盟約の前では私は意思を持つことすら許されません。そんな私をテネス様が解放してくれました。ですから、その恩に報いたいと考えています」

「協力は嬉《うれ》しいけど、せっかく解放されたんだから、好きなことをしてもいいんだよ」

【剣姫】が手を貸してくれれば、継承戦の黒幕になって姉を支援するという計画において心強い味方となる。しかし、自分がそういう立場に長くいたこともあり、他者を無理やり縛る真似はあまりしたくなかった。

「いいえ……私は義務感から申し上げているのではありません」

僕の提案に、リーシャロッテは首を横に振る。

そして、うら若き少女のような微笑みを浮かべて言った。

「これは私の――私自身の、意思です」

第四章　永久監獄の盗賊王

翌日、僕はふかふかのベッドで目を覚ました。

墓地の下に広がる地下空間には、書庫の他にも幾つもの部屋があり、そのうち一つを寝室として使うことにしたのだ。

「おはようございます、ご主人様」

「……おはよう、リーシャ」

ぼんやりとした視界の中で、端正な美貌をしたメイドが僕を真上から覗《のぞ》き込んでいる。

「もう、朝？」

「ええ、朝です」

外の時間と連動しているらしく、天井に埋め込まれた魔石が薄明かりを発していた。

「もう一つ、質問してもいい？」

「なんなりと」

「ええと……なんで僕は膝枕をされているんでしょうか？」

「ベッドは毎日手入れをしておりましたが、枕は古くなって処分していたものですから」

確かにこのベッドには枕がなかった。あまり気にしてはいなかったが。

リーシャロッテは機巧生命《きこうせいめい》ということだが、妙にすべすべした感触と張りのある弾力を後頭部に感じる。

「まさか一晩中膝枕をしてた訳じゃないよね？」

「残念ながら一晩中という訳ではありません」

「だよね」

「朝食の準備時間だけは、失礼ながら席を外させてもらいました」

「ほとんど一晩中だった……！」

「という訳で、朝ごはんです」

「この体勢で？」

「はい、あーん」

リーシャロッテが、皮を剝いたぶどうを僕の口元に持ってくる。

「いや、さすがにそれは……」

「あーん」

「だから……むぐっ」

強引に口の中に入れられ、やむを得ずもぐもぐと顎を動かす。

「どうですか？」

「うん……甘い」

……やばい。快適すぎる。

元から引きこもり駄目人間の自覚はあるが、このままでは更に磨きがかかってしまう。

さすがに社会復帰が不可能になりそうなので、僕は仕方なく身体を起こすことにした。

なぜか少し不満げに頬を膨らましているメイドに尋ねる。

「このぶどうはどうしたの？」

「後ほどご案内しますが、地下に広大な畑があるんです。そこで一通りの野菜や果物は手に入ります」

地下空間には地上と繋《つな》がる小さな空気口が幾つもあり、そこから入る太陽光を増幅させて畑に光を届ける機構があるらしい。水は地下水を引いており、快適に引きこもるための工夫が随所に凝らしてある。同じ【隠者】というのもあるが、ご先祖様でもあるここの盟主とやらになんだか共感を覚える。

しかし、ベッドの手入れに、畑の世話。外敵の駆除までリーシャロッテ一人でやるのは大変だったのではないだろうか。

それを言うと、メイドは少し考えるようにして答えた。

「盟主は元々身の回りの世話用の機巧生命と、地下空間の管理用の機巧生命、それに警備用の機巧生命の最低三体を造る予定だったようです。ところがうまくいったのが私だけだったので、私が全ての役割を担うことになりました」

リーシャロッテは当初警備用の機巧生命として造られ、大量に集めた蔵書から、古今東西のあらゆる剣技の型をインプットされたそうだ。

そうして、伝説の【剣姫】が誕生した。

「古今東西の、あらゆる剣技？」

「歴史上、剣聖と呼ばれた者たちの業前が私の身体には宿っています。盟主が不在のためここ百年に関してはインプットされておりませんが」

なかなかに物騒な話だ。

悠長に膝枕なんかしていてよかったのだろうか。

「盟主は当初世話係の機巧生命には古今東西のあらゆる性技をインプットし、ひわいな関係になろうという企みを持っていたらしいのです」

「あ、そうですか」

「ただ、私以外の機巧生命は成功せず、かつ私は当初警備用として造られたので盟約により触れられると自動的に相手を斬り捨てる設定でした。ですので、結局盟主の夢は叶《かな》いませんでした」

「なんか可哀そう……」

しかし、先代が【隠者】であれば、僕がやったように盟約を隠せばよいのではないだろうか。

「制御が安定するまで盟約には手を出せないのだと、盟主は涙を流しながらおっしゃっておりました。そうこうしているうちにふらりといなくなり――」

「やっぱり可哀そう……」

「しかし、新たなご主人様が盟約を無効化した今、私はいつでもご主人様のお相手が可能です」

そんな真顔で言われても、対応に困る。

リーシャロッテは他人に触れられる喜びをかみしめているのか、僕の頬をさすさすと撫《な》でてくる。

「くーん」

「あれ、プリル？」

気づいたら僕のベッドの足元で、灰色の毛並みをしたブラックフェンリルの赤ん坊が丸くなっていた。

「少し前から住み着いていますね。ご主人様のペットですか？」

「まあ……そうなのかな。ここに案内してくれたのもプリルなんだ」

そう言うと、プリルは嬉《うれ》しそうに身体を揺らした。

ちなみにプリルは侵入者扱いにはならなかったのだろうか。

「盟約を作る際に、侵入者は人間のみを対象にしてしまったみたいです。盟主は『ミスしちった、てへ』と言っておりました」

僕のご先祖は、人造生命学の歴史の中で誰もなしえていない機巧生命の誕生に成功するなど稀有《けう》な才人だったと思われるが、性技のくだりといい、どこか抜けている感は否めない。

「いずれにせよ、入り口には結界が張られてるので、並の魔獣《まじゅう》は入ってこられませんが」

「まあ、そうだろうね」

墓地周辺はただでさえ魔獣の多い危険区域にあり、地下空間への入り口はおそらく【隠者】の能力で巧妙に隠されていた。そう簡単に部外者が入ってくることはないだろう。

「さて……」

僕はベッドから足を下ろして立ち上がった。

ようやく拠点を手に入れ、頼りになる配下も運よく一人ついてくれた。リーシャロッテ――リーシャと呼ぶことにしたのだが――には、昨晩僕の目的については話している。

だが、大貴族同士の継承戦に絡むつもりなら、もっと組織としての力が必要だ。

まだまだ足りないものは多いが、まずはやらなければいけないことがある。

僕は時計を見て、溜《た》め息をついた。

「出勤時間だ」

+++

「うーん……」

ギルドの倉庫で、僕が新聞を読んでいると、フェリシアさんが声をかけてきた。

「テネスさん。難しい顔をしてどうしたんですか？」

「ああ、フェリシア先輩。ちょっと困ったなぁって……」

「困った……？　というか最近も似た会話をした気が……あれ、そういえばどうして優雅に新聞を読んでるんでしたっけ？」

「今日の雑用はもう終わったので」

「経費計算のダブルチェックですよね。かなりの量があったと思いますが」

「そうですか？　三か所間違いがあったので修正しておきました」

「むむぅ」

フェリシアさんは唇を引き結んだ後、自身を落ち着かせるように言った。

「それで……今回は何が困ったんですか？　また廃墟《はいきょ》巡りですか？」

「いえ、ギルドにある新聞ってこれだけですか？」

「新聞？　ええ、そうですけど」

ここにあるのは皇国全土で一般的に読まれている皇国新聞に、ルメール領の地方ニュースを記した地方新聞。それと冒険者向けに魔獣分布や新規の依頼などを記した冒険者新聞だ。

一般人も手に入る程度の情報では、とても継承戦に裏から絡んでいくことなどできない。

僕の代わりに諜報《ちょうほう》活動を行ってくれるメンバーがどうしても必要だ。

「フェリシア先輩。有能なシーフの知り合いっていますか？」

シーフはダンジョンの下調べをしたり、罠《わな》の仕掛けや解除をしたりする専門家だ。

戦時下では諜報や斥候の役割を果たすこともある。

「シーフですか。うちの支部にも何人かいたと思いますが……」

フェリシアさんが書棚から冒険者登録名簿を持ってきてくれた。

僕はシーフの欄に端から目を通していく。

「ラボス支部に出入りしている冒険者だと、最高でも六等級か……」

冒険者は実績に応じて一から十までの等級がつけられており、数が大きいほど位が高くなる。冒険者規則は全て頭に入っているが、肌感覚として六等級がどのくらいのレベルなのかはよくわからない。なので、フェリシアさんに聞いてみる。

「六等級はかなりすごいですか？」

「そうなんですすよ」

「すごく実績のあるベテランという感じですね。大抵の依頼はちゃんとこなしてくれると思いますけど」

「大抵の依頼……」

「乗り気じゃなさそうですね。一体どんな仕事を頼みたいんですか？」

世界を裏から操るための情報を得る仕事、とは言えない。

「いえ、興味があるだけで。でも、できれば十等級の人がいいんですけど」

「ふふふぅっ」

フェリシアさんが妙に得意げに笑った。

「テネスさんは新人ですからまだ知らないと思いますが、十等級というのはほとんど名目上の等級で、冒険者としてはほぼ伝説レベル。各州に一人いればいいほうですから、滅多に出会えるものじゃないんですよ」

新人、の部分を強調してフェリシアさんは言った。

「そうなんですか。勉強になります」

「にへぇ」

先輩の表情がくにゃっと崩れる。

「で、その伝説の一人はどこにいるんですか？」

「話聞いてました？」

「はい、一人でもいるなら、どんな人か知りたいと思って」

ふぅとフェリシアさんは溜め息をついた。

「ルメール領には、かつて十等級のシーフが一人だけいましたけど、今はいないです」

「今はいない？」

「冒険者を辞めちゃったんですよ。その後、正式に資格を剝奪されました」

「剝奪？　今何をしてるんですか」

「え、知らないんですか？」

フェリシアさんは驚いた様子で目を見開く。

「すいません。長い間引きこもって生活してたので」

「あ……そ、そうでしたね。テネスさん、なんでもできるからエリート街道を歩いてきた人かと勘違いしそうになりますが、色々苦労して頑張ってきたんですよね。それなのに先輩風を吹かせようとしてごめんなさい」

フェリシアさんは、しゅんとして肩を落とした。

やっぱりいい人だ。

「いいえ、先輩風は全然気にしてないので大丈夫です」

「き、気にしてないんだ。それはそれでちょっと悲しいですが……」

その後、フェリシアさんに倉庫の奥に連れて行かれる。

鍵付きの書棚の奥から、表紙に赤字で×印がつけられた本が取り出された。

「これは様々な理由で冒険者資格を剝奪された方々のリストなんです」

ぱらぱらとめくっていくと、目的の人物の頁《ページ》があった。

名前はミリー・ルル。通り名には【盗賊王】とある。

獣人、という種族の記載もあるが、肝心の写真はない。

「確か冒険者規約では、登録時に必ず魔導映写機で写真を撮らないといけないんじゃなかったでしたっけ？」

それとも、潜入仕事などがあるシーフは顔が割れないよう拒否できるのだろうか。

そういう例外はなかったと記憶しているが。

尋ねるとフェリシアさんは神妙な顔を浮かべた。

「例外はないんですけど、この方に関しては、いつの間にか全ての冒険者ギルド支部の名簿から、写真が抜き取られてるんです」

「へぇ……」

少し興味が出てきた。

おそらく冒険者になった後、自身の痕跡を少しでも消すために、ギルドに忍び込んで写真を処分したのだろう。それだけでも大した腕前ということがわかる。

「それがいつの間のかあんなことになって……」

「あんなこと？」

フェリシアさんは無言で、名簿の備考欄を人差し指で示した。

そこにはこう書かれている。

「……重大な規約違反により除籍、投獄……？　今捕まってるんですか、その人」

「はい」

しかも、投獄先はアルバロス監獄とある。

神皇国において重罪人ばかりが収監される片道切符の牢獄《ろうごく》だ。

「何をやったんですか？」

「それが、この人の投獄理由は一般には公開されていないので私たちもわからないんです」

「……」

元十等級のシーフ。そして、重罪人。

何をやらかしたのかはわからないが、腕は確かそうだし、立場上も表に出られない存在。

実に僕好みの人材だ。

だとしたら、急がなければならない。

備考欄の下には、処刑予定日という不穏な文言があり、それがなんと三日後なのだ。

「フェリシア先輩、このアルバロス監獄ってどこにあるんでしたっけ？」

「え？　どうしてですか？」

「ほら、明日から連休じゃないですか」

にっこりと微笑んで、僕は言った。

「僕、監獄巡りも趣味なんです」

＋＋＋

アルバロス監獄。

S級犯罪者の収監に特化した最高警戒レベルの監獄。

フェリシアさんが言うには帝都の外れ、荒れ地の広がるベギラス地区に位置しているらしい。

「さて……」

という訳で、週末と有休を使って、僕は目的の場所に向かっていた。乗り合い馬車で二日の行程。

さすがに監獄に直通の馬車は存在しないので、まずは最寄りの町を目指すことにする。

「百年経っても世界はそれほど変わっていませんね」

隣のリーシャが青い瞳を外に向けて言った。

「久しぶりの外出はどう？」

「地下とは明度は勿論《もちろん》、気温と湿度が違いますね」

ある意味機巧生命らしい回答が返ってくる。

「地下と地上はどっちがいい？」

「私はずっと地下にいても困りはしません。元々そういう目的で誕生しました」

「共感するよ。僕も生まれつき暗所に閉じ込められていたから」

見事な引きこもり同士の会話だ。

僕の組織はできればそういう者たちで固めたいところだ。

「無理についてこなくてもよかったのに」

「ご主人様のおそばに仕える、というのが私の意思ですので」

なぜか斜め向かいのおじさんが、囃《はや》し立てるように「ぴぃ」と口笛を吹いた。

馬車の中にはそんな平和な光景が広がっていたが、外は見渡す限りの荒野が広がっている。

「御一同。あの石の壁の向こうが、アルバロス監獄でさ」

御者の一言で、乗客の視線が一斉に外に向いた。

砂塵《さじん》の舞う視界の奥に、見上げるような石壁がそびえ立っており、アルバロス監獄はその奥にあるそうだ。周囲に隠れられるような場所はなく、壁を無理やり越えようとしても結界魔術で行く手を遮られるらしい。

これまで脱獄者はゼロ。

それどころか無事に刑期を終えて出てきた者すらいないようだ。

無期刑か処刑予定者のみが、片道切符の蟻《あり》地獄に足を踏み入れることを許される。

そして、二度と出てくることはない。

静かになった乗客を元気づけるように、御者が大声で言った。

「大丈夫でさぁ。お天道様に顔向けできないような真似をしなけりゃ、あんなところに入れられることはありやせんよ」

ほっとした様子で談笑を再開する乗客たちを眺めて、僕は思った。

だとしたら、【盗賊王】は一体何をやったのだろう。

馬車は荒野脇の街道を抜け、最寄りの町に到着した。

中心通りから一本外れた露面店で、この地域の名物という串焼き肉を買い、テーブルに腰を落ち着ける。

「そういえばリーシャは食事はどうしてるの？」

「機巧生命なので食べなくても生きてはいけますが、摂食機能も付与されてはいます」

「食べてみる？　無理強いはしないけど」

「ご主人様が食べているものには興味があります」

リーシャは恐る恐る串に口を近づけ、はむと齧《かじ》った。

「……鳥肉を主体とした蛋白質《たんぱくしつ》ですね。タレの塩分濃度はやや高めです」

「成分解析……」

「い、いけませんでしたでしょうか」

「駄目じゃないけど、こういう時は感想でいいんじゃないかな」

僕も子供の頃から、栄養失調で死なないためだけの無味乾燥な食事を出されていたので、食事というものに単なる栄養補給以上の意味を見出せない時もあった。

だが、フィオナ姉さんが様々な料理を僕の部屋に持ち込んでは、半ば無理やり食べさせて感想を尋ねてきたことで少し味というものに意識が向くようになった。

リーシャはもう一口、串焼き肉を含んだ。

「……おいしい、です。多分」

「そっか」

「どうして微笑んでいらっしゃるのですか？」

「いや、僕の最初の感想と同じだと思ってさ」

味がよくわからなかったので、当時はとりあえずそう答えた。

その時の姉さんのなんとも言えない顔を思い出す。

リーシャも少しずつ味を知っていければいいな、と思った。

「それでこれからどうされますか、ご主人様」

リーシャの問いに、僕は肩をすくめて応じた。

「予定通りだよ。【盗賊王】に会うためにアルバロス監獄に忍び込む」

「警備の厳しいところだと聞きました。どのように潜入されるおつもりですか？」

「幾つか考えはあるけどね」

リーシャは感心した様子で両手を合わせた。

「さすがです。私が思いつくのはせいぜい一つくらいです」

「一応聞こうか」

「とてつもない悪事を働けば、自動的にあそこに収監されるのではないかと」

「怖いよ……?」

「すいません。目的達成だけを考えた場合には、一つの手段になりえるかと」

「実は僕も一瞬考えたけど、おそらく間に合わない。もう【盗賊王】の処刑は明日だからね。それに今後のことを考えると、ここで捕まって公式記録を残すのは上策とは言えないかな」

あくまで目立たず、闇に紛れて、事はなさなければならない。

リーシャが深々と頭を下げる。

「失礼しました。考えが浅かったです」

「ううん、冷静な意見は助かるよ」

人の行動は無意識のうちに倫理観や個人的な感情によって制約を受ける。

それらを一旦排除して考えられるのは、機巧生命の強みでもあるのだろう。

「それで、ご主人様の考えというのは?」

「ポイントは、あそこがいかに外界から隔絶された監獄だと言っても、永遠に閉ざされている訳じゃないってことだよ」

必ず外界と繋がるタイミングがある。

「新たな犯罪者が収監される場合……?」

「それがリーシャの案だね。悪事を働いて犯罪者として収監されてしまおうという」

「はい。他にもあるのですか？」

「あそこにいるのは犯罪者だけじゃない。看守や裏方の職員もいるはず」

「なるほど。職員になる、もしくはなりすまして潜入する訳ですね」

「時間に余裕があれば、それも一つの手だった。ああいうところは常に人手不足だろうし」

「では、結局？」

「人がいれば必ず必要になるものがある。食糧や物資だよ」

僕の一言に、リーシャは大きく頷《うなず》いた。

おそらくそれらは最寄りのこの町から届けられているはず。不毛な土地にあるこの町がそれなりに賑《にぎ》わっているのも、安定した需要があるからだと思われる。

その後、聞き込みをしたり、【隠者】の能力で店舗に忍び込んだりして、監獄に食糧を搬送している問屋を見つけることに成功した。

夕方には搬入があるとのことで、作業員が店の裏で荷馬車にせっせと食糧を運び入れている。

少し離れた場所でその光景を眺め、僕はリーシャに軽く手を上げた。

「じゃあ、行ってくるよ」

「私は連れて行って下さらないのですか」

「隠密行動は僕一人のほうがいいかな」

ほんの少しむくれているリーシャに、僕は衣料店で買った品を渡す。

「それにリーシャには別に頼みたいことがあるんだ」

——とりあえず第一段階クリアと……。

呼吸を止め、『薄影』で姿を消した僕は、荷台に身を潜め、軽く息を吐いた。身にまとっているのは漆黒のローブ。アジトの寝室で見つけたものだ。軽くて丈夫で、身を隠すのにもってこいの品だ。

積荷を傷めないようにするためか、荷馬車はゆったりした速度でアルバロス監獄に向けて出発した。傾いた日が荒野を茜色《あかねいろ》に染め、吹き込む風には少し砂が混じっている。

しばらくのんびりと荒野を進んだ後、馬がぶるんと鳴いて荷馬車が止まった。

目的地に到着したようだ。

「お世話になってます。イートン商会です」

「そこで止まれ」

鋭い声がして、数人の足音が近づいてくる。

警備服を着た五人の男たちが荷馬車の中に入ってきた。

「ご苦労。中身を改めるぞ」

一つ一つの箱を開け、中を確認してから別の荷台に積み替える。

既に荷馬車から降りていた僕は、荷台の陰に隠れ、すぐそばの監獄を見上げた。

石壁が天を衝くように垂直にそそり立っている。

手足をかけられる場所はなく、これをよじ登るのは相当骨が折れるだろう。

なので、そんな真似はしない。

荷馬車が引き返したのを確認した五人の看守たちは、やがて監獄の入り口に当たる扉に同時に手をついた。特別な仕掛けなのか、人工的な低音とともに扉がゆっくりと左右に開き、彼らは荷台を、敷地内へと運び込む。

呼吸を止めた僕は、開いた扉を悠々と抜け、アルバロス監獄へと足を踏み入れた。

——第二段階クリア。

とはいえ、それほど呼吸が持つ訳ではない。

中庭のような場所を抜けた後は、壁の後ろなど看守たちの死角に素早く移動して呼吸を再開。もう一度息を吸い込んで、再び姿を消す。

正直かなり疲れそうだが、ここまで来た以上引き返す訳にもいかない。

——さて、あと少し。

僕は大きく溜め息をつく。

暗躍は意外と骨が折れるものだ。

＋＋＋

アルバロス監獄では、最重要の犯罪者は最上階に収監されることになっている。

外はすっかり夜の帳が降りているが、処刑を間近に控えた者が入る特別室には窓がなく、薄ぼんやりした明かりが一日中内部を照らしているため時間感覚もおかしくなる。

今その特別室の壁に背をもたれ、足を投げ出して座る女がいた。

赤褐色の癖毛。燃えるような深紅の瞳。枷《かせ》のつけられた手足には鋭い爪が覗いている。

大きな獣耳が周囲の気配を窺《うかが》うように、時々左右に動いていた。

獣人という種族であり、元十等級のシーフ。

【盗賊王】ミリー・ルル。

最上位の魔法でも傷一つつかない、オリハルコンという特殊な金属でできた檻《おり》。

金属柵の隙間の奥に広がる暗闇を、ミリーはじっと見つめている。

その闇がわずかに揺らめいた気がした。

「……誰だ」

「よくわかりましたね。さすがの探知能力だ」

うっすら姿を現したのは、漆黒のローブをまとった人物だった。ローブに隠れて顔はよく見えず、そこにいるのに今にも消えてしまいそうなほど存在感が希薄だ。

「看守じゃねえな。誰だ」

「その前にちょっと息を整えていいですか？　体力がないもので」

謎の人物はすーはーすーはーとゆっくり呼吸を繰り返すと、再びミリーに向き直った。

「僕は通りすがりの引きこもりです」

「通りすがるような場所じゃないだろ。どうやってここまで来た？」

「想像よりかなり大変でした。さすが世に聞く大監獄。もう二度とやりたくないです」

ローブの人物は肩を落として言った。

侵入も脱獄も不可能とされるアルバロス監獄の、それも最上階の特別室の前で、まるで緊張感なく振る舞う姿に、奇妙な寒気を覚える。

「あんた何者？　あたしに何の用だ？」

「僕はとある目的のために動いてまして、協力者を探しています」

「なぜあたしなんだ？」

「どうせなら最高の人材を揃《そろ》えたいと思ったので。そのほうが僕も楽ができますし」

「あたしは冒険者資格を剝奪された犯罪者だよ。人前に出ることもできやしない。そんな奴に協力を依頼するなんておかしいんじゃないか」

きつめの口調で言うも、相手は少しも怯《ひる》むことなく答えた。

「だから、いいんじゃないですか」

「はっ、変わった奴だ。これも何かの因果だね」

ミリーは投げ出した足を組んで、挑戦的に口を開く。

「じゃあ、あたしをここから出してみなよ。どうせ明日には処刑される身だ。それができたら協力でもなんでもしてやるよ」

「その前に一つ聞いてもいいですか？」

「なんだい」

「あなたどうして捕まったんですか？」

ローブの奥の瞳が、真価を見定めるように【盗賊王】に向けられている。

「なぜそれを知りたい？」

「多少の興味と、後はへまをしてあっさり捕まったのなら、頼りないと思いまして」

「はっ」

ミリーは大声で笑いかけて口を押さえる。

やがて、後頭部を壁にこつんとつけると、湿った息を吐いて言った。

「獣人には多いんだけど、あたしは元々貧民窟の生まれでね。そりゃもうひどい環境で育った。『神託』で何かが変わると期待したんだけど、貰《もら》ったジョブは【シーフ】じゃなくて【泥棒】だったんだよ。笑うだろ？　ハナから犯罪者として生きろって言われた訳だ」

「……」

「そんな『神託』に負けるかと思って、シーフとして冒険者になった。腕を磨いて、十等級になってから辞めた」

「どうして辞めたんです？」

「世の中はちっともよくならないからさ。その後は義賊になって、悪い奴らから頂いた財宝を貧民窟に還元することにしたんだ」

「それで捕まったんですか？」

「違うさ。義賊をやりながら感じたんだよ。なんで生まれながらに貧富の差があるのかって。その上、継承戦が始まるだのって世相は更に不安定になってる。で、思った訳だ。そもそも『神託』で全てが決められる世界が間違ってんじゃないかって」

「ふむ……それで？」

ロープの人物は淡々と先を促してくる。

「だからさ、ぶっ壊してやろうと思って」

「ぶっ壊す？」

「『神託』が降りる石板ってやつをさ。預言だか啓示だか知らないけど、あんなもんがあるから生き方を縛られるんだろ。それで帝都の大神殿に忍び込んだよ」

石板の安置されている聖堂の前までなんとか潜入し、扉を開こうとした。

だが、次の瞬間、部屋中が眩《まばゆ》く光り、身体が動かなくなった。

すぐに大量の神兵がやってきて捕縛、あっという間に監獄送りにされる。

「油断っちゃ油断だね。あれは触れたことのない妙な力だった。次があればもっと対策を練っていく必要があるね。どう？　満足したか？」

「なるほど……神に抗おうとするなんて、あなたはとんでもない人だ」

「失望したか？」

相手はロープをゆっくりとめくった。

その人物は一瞬少女と見紛うような、どこか中性的で端正な顔の少年だった。

口の端をわずかに持ち上げ、少年は言った。

「いいえ。より気に入りました。あなたを助けよう」

「はっ」

なぜかミリーも釣られて笑ってしまう。

「だけど、どうする気だ？　ここは簡単に出られる場所じゃない。この檻はオリハルコンでできていて、ちょっとやそっとの衝撃じゃ傷一つつかないよ」

ミリーの視線が金属柵の奥に向けられた。

「檻の脇に白い板のようなものがあるだろ？　五人の看守がそこに同時に手をつかないと開かない仕組みなんだ」

「監獄の入り口の扉と同じ機構ですね」

「しかも、特別室の前にも幾つか部屋があってそれぞれ警備員が待機しているはずだけど、そもそもどうやって入ってきたんだ？」

「ちょっと不意打ちで眠ってもらいました」

「は？　そんなのすぐに次の巡回で見つかるぞ」

「でしょうね」

切迫した状況にかかわらず、ローブの人物は慌てる風もなく、淡々と答える。

離れたところで警備員たちの「おい、大丈夫かっ。何があった⁉」と慌ただしい声と足音が響いてきた。

ミリーは語気を強めて、侵入者を睨《にら》む。

「言わんこっちゃない。さっさと逃げな。捕まったらただじゃ済まないよ」

「あなた意外といい人ですね。こんな状況で僕の心配をするなんて」

檻の隙間から、華奢《きゃしゃ》な右手が差し入れられた。

「な、なんだ？」

「僕の手に触れて下さい」

「な、なにを」

「時間がありません。手枷と足枷がついていても、ここまで転がってこられますよね」

怒号と多数の物々しい足音が近づいてくる。

ローブの人物は静かに、しかし、はっきりした口調で言った。

「神は信じなくてもいい。ただ、今は僕を信じて下さい」

「……っ」

＋＋＋

「い、いないっ」

「どこに行ったっ」

特別室の前に集結した警備員たちは目を丸くして叫んだ。

明日に処刑を控えた【盗賊王】ミリー・ルル。

オリハルコンの金属柵で囲まれた、脱出不可能な檻の中から忽然《こつぜん》と姿が消えている。

「ど、どうして」

顔面蒼白《そうはく》でつぶやく警備員に、別の者が声をかけた。

「開閉機構の誤作動で扉が開いたかっ。確認しろっ」

五名の警備員が、檻の脇にある白板に同時に手をついた。

ぶぅんと人工的な音がして、金属柵の一部が上へとせり上がる。そこに人が二人ほど通れる隙間ができた。

「妙だな。ちゃんと動いているぞ」

「中も確認するぞ」

数人が牢獄に足を踏み入れ、内部を見渡す。

しかし、壁や床、天井には何の痕跡もない。ただ、受刑者だけが消えている。

「くそっ、どうなってる！」

看守長が壁に思い切り拳を叩《たた》きつけた。当然、小さな傷すら入らない。オリハルコンの格子だけではなく、壁の強度も超一級なのだ。

「総員出動！　監獄入り口の警備を厚くしろっ。全域をくまなく探すんだ！」

警報音が監獄全体にけたたましく鳴り響く。

看守長は大股で看守室に戻りながら、神経質そうに額を掻《か》いた。

考えられない事態だ。

『神託』の石板を破壊しようとした重罪人が、処刑前日にオリハルコンの檻から姿を消した。

言葉巧みに看守たちを丸め込もうとする犯罪者もいるため、檻の前での二十四時間の監視は敢えてつけておらず、二十分おきの定期巡回にしているが、特別室に行くまでには三つの警備室を通らなければならない。なのに、彼らが全員音もなく気絶させられ、すぐに追ってこられないようにするためか、皆が身ぐるみを剝《は》がされていた。

それに、特別室の檻に至っては、鍵はなく、監獄の入り口の扉と同じように五人の関係者が同時に感知部に触れる以外に開ける手段はないはずだ。生体情報にしか反応しないので、仮に五人分の腕を切り取って使っても意味がないし、そもそも見る限り腕を切り取られた警備員もいない。

「わからん。一体どうやってて っ」

頭を掻きむしりながらも、まだわずかに冷静な自分がいる。

気を失っていた警備員を無理やり起こして確認したところ、二十分前の定期巡回時には確かに【盗賊王】は檻の中にいたという。次の巡回までの間に全員が気絶させられ、罪人は姿を消した。

とはいえ、まだ監獄の外には出ていないはずだ。監獄の出入り口は一つしかなく、常に封鎖されている。

罪人はまだ中にいるはず――。

「看守長、監獄の外に人影がっ!」

「なにぃぃぃっ!」

看守長は大慌てで屋上の展望台へと飛び出した。

分厚い雲に覆われた月のない夜。特大の魔石を使ったスポットライトが、監獄の周囲に広がる荒野を照らしていた。屋上に設置された望遠魔道具を覗き込むと、その光がぎりぎり届くか届かないかという位置に確かに人影があった。

闇に染まるような黒いローブをまとっているため顔まではわからないが、その人物は別れの挨拶かのように手を振ると、ローブの裾を翻して夜に消えた。

「お、追えぇぇぇぇっ！」

看守長は魔導拡声器に向けて、大声で叫んだ。

罪人は信じられないことに十分も経たないうちにゲートに到達し、しかも通過不可能なはずの障壁を突破している。

迂闊《うかつ》だった。

そもそも檻を脱出している時点で、ゲートの閉鎖機構を突破するなんらかの方法を持ち合わせているのだ。

ゲートがゆっくり開き、数十の警備員たちが荒野に飛び出す。

必死の形相で闇に消えた漆黒のローブの人物を追うが、もはや後の祭り。

影すら摑《つか》むこともできないまま、荒野の捜索は徒労に終わる。

こうして【盗賊王】ミリー・ルルは、脱出不能の要塞――アルバロス監獄の最初の脱獄者になった。

＋＋＋

「さ、帰ろうか」

翌日。

僕たちは乗り合い馬車で、ルメール領ラボス地区に向かっていた。

有休が終わるので、早々にアジトに戻らなければならない。

右隣に座るリーシャが首をひねって言った。

「あの、ご主人様」

「なに?」

「結局……私はお役に立てたのでしょうか?」

「勿論。うまくいったのはリーシャのおかげだよ」

「そう、ですか」

リーシャはわずかに微笑む。

「でも、どうやって扉を開いたのですか?」

「僕は開いていないよ。開けてもらっただけさ」

「……?」

小首を傾げるリーシャに、僕は事の顚末《てんまつ》を説明する。

「監獄には色んな障壁があるけど、最大の問題が特別室と監獄の入り口を塞いでいる機構なんだ」

部外者には反応せず、五名の看守が同時に手をつかなければ開かない扉。

脱獄の流れはこうだ。

檻の隙間から僕が差し入れた手を、ミリーが掴む。触れたものを見えなくする力『神隠し』で、ミリーの姿を消し、自分も呼吸を止めて『薄影』で姿を消す。慌ててやってきた看守たちはミリーの姿が見えないので脱獄したと勘違いする。

そして、確認のために白板に手をつき、牢獄の金属柵を開けてくれる。

僕たちは姿を消したまま、そこを悠々と通り抜けた。

「これで檻はクリアだ」

「では、監獄の入り口の扉は？」

「それがリーシャのおかげなんだ」

警備員の身ぐるみを剝いだのは、すぐに追ってこられないようにするためではなく、制服を奪うためだ。僕の分だけだと目論見がばれやすくなるので、手間だったが気絶させた全員の身ぐるみを剝いだ。

檻が空になって一同が混乱している間に、職員トイレに移動し、上から看守の制服を着る。

手足に枷がついているミリーは素早く移動できないので僕が背負っていた。身体が触れているので彼女の姿は他人から見えない。後は自分も姿を消しつつ、呼吸が限界を迎えそうになると、見えにくい場所に移動して一瞬だけ姿を現す。この時には監獄内は大騒ぎになっているため、仮に誰かに見咎《みとが》められても、看守の制服を着ていればそれほど怪しまれない。

「後はそのまま監獄のゲート前に移動して、リーシャが動くのを待つだけだ」

僕は昨日、出発前にリーシャに頼み事をしたのだ。

一つ、監獄が確認できる位置に身を潜めておくこと。

二つ、騒ぎが起きて警報が鳴ったら、事前に渡した黒いローブを羽織ってもらい、監獄からの明かりが届くぎりぎりの場所に移動してもらう。怪しい影を監獄外に見つけた看守長は、それをミリーと勘違いし、やむなくゲートを開いて後を追わせた。

そして、僕らは姿を消したまま、ぽっかりと空いた出口を悠々と抜けたのだ。

「やるもんだね、テネス。こんな女みたいな顔のガキがそんな大胆な真似するなんてさ」

左隣に座るミリーが、僕の肩に手をまわしてくる。

「ご主人様に気安く触らないで下さい」

リーシャが冷たい視線を【盗賊王】に送った。

「固いこと言うなよ。感心したのさ。アルバロス監獄に忍び込もうなんて、元十等級シーフのあたしだって考えないよ」

「もう二度とやりたくないですけどね」

頻繁に息を止めていたので、かなり苦しかった。特に帰りはミリーを背負ってもいたので、元々少ない体力はほぼ限界に近づいている。呼吸が乱れてちょくちょく『薄影』が解除されていた気がするが、多分、脱出不能な監獄ということで、看守たちにも油断があったのではないかと思う。

「でも、あたしはナイスバディだからさ。密着できてよかったろ?」

「そんな感想を持つ余裕はなかったです」

「なんだよ、つまんねー。もう一回抱いてみるか?」

「ご主人様から離れるよう忠告しましたが？」

心なしかリーシャから殺気を感じる。

「第一、重罪人が一般の乗り合い馬車にいていいのですか。とっくに手配書をまわされていると思いますが」

「あたしにはあちこちに沢山の部下がいるんだ。町に手配書が回ったら、あの手この手ですぐに処分してくれるはずさ」

ミリーの言葉に、僕は思い当たることがあった。

「冒険者ギルドから、あなたの記録が全て消えていたのも、その部下たちの仕業ですか？」

「そ。幾つかは自分でやったけどね」

「それほど人望があるのですか」

びりびりした雰囲気をまとっているリーシャに、ミリーは肩をすくめて応じた。

「義賊やってたから、勝手に恩義を感じてる奴が多いんだよ。ただ、今回アルバロス監獄に入れられた時に撮られた写真までは処分できないだろうね」

「ご心配なく。それは僕が全部処分しておきました」

僕が言うと、ミリーは目を丸くした。

「は？」

「ミリーさんにはこれから色々と働いてもらう予定なので、顔写真なんかが残っていたら具合が悪いじゃないですか」

なので、特別室を探して監獄内を探索している最中、看守室に立ち寄って囚人ファイルから【盗賊王】に関する情報を全て抜き取っていたのだ。

ミリーはしばらく虚を突かれたような顔をしていたが、やがて大声で笑い始めた。

「あっはっは。あんた本当に大した奴だ。さん付けなんかいらない。ミリーでいいよ。タメ口でいこうぜ、テネス」

ミリーは上機嫌になって、もう一度僕の肩に手をまわす。

右隣のリーシャの額に青筋が浮かんだ。

「そんなに手癖が悪いなら、手枷を外すべきではありませんでした」

ミリーは元々手枷と足枷をつけられた状態で収監されていた。

すぐに解除できるものではなく、そのままの状態で背負って帰ったのだが、合流したリーシャがあっさりと剣で両断したのだ。もしかしたら最初から【剣姫】が一緒であれば、オリハルコンの檻すらも切断できたかもしれない。

ミリーはリーシャを横目で眺める。

「噂《うわさ》に聞く伝説の【剣姫】がまさか機巧生命だったなんてね。そもそも機巧生命なんて初めて見たけど、こんなに感情豊かなもんなのか」

「私は感情回路は持ち合わせておりません。盟約に従うだけの人形でしたが、ご主人様のおかげで自ら意思を持つことが可能になりました」

「感情は持ち合わせていない、ねぇ。その割にはびしばし殺気を感じるけど」

「あなたがご主人様に有害な存在だと認識しつつありますので」

「なあ、テネス。せっかく処刑を免れたってのに、まだ生きた心地がしないのはなぜだろうね」

両脇からの威圧感がすごい。

割って入ろうとしたら、ミリーは先に肩をすくめて言った。

「ま、仲良くやろうよ、【剣姫】。あんたの理屈なら、あたしがテネスの役に立てば排除する理由はなくなるだろ」

「……まあ……そう、なりますが」

渋々頷くリーシャに、ミリーはにやりと笑って答える。

「情報収集は任せときな。この【盗賊王】にね」

第五章　太古の森のエルフ

【盗賊王】ミリー・ルル、アルバロス監獄を脱獄。

そのニュースは大きな驚きを伴ってノヴァリウス神皇国を駆け巡った。

そして、処刑前夜に過去誰一人として脱獄者のいない荒野の牢獄《ろうごく》から忽然《こつぜん》と姿を消した【盗賊王】の噂《うわさ》は、ラボス地区の冒険者ギルドにも当然のごとく届いていた。

「その記事、びっくりですよね」

ギルドの倉庫の一角で、新聞を眺める僕の向かいでフェリシアさんが言った。

もぐもぐと口が動いているのは弁当を食べているからだ。

彼女はいつも手作り弁当で、野菜を中心に具材がバランスよく配置されている。

「ま、でも、よかったよな」

フェリシアさんの隣に座る同僚のヒューミッドが、近所の食堂で買った揚げ物弁当を口にしながら言った。ちょうどいい閉塞感が気に入って僕は倉庫に入り浸っているのだが、いつの間にかフェリシアさんがそこでお昼を摂り始め、彼女目当てのヒューミッドまでついてくるようになった。

僕は新聞に目を落としたまま尋ねる。

「どうしてよかったんですか？」

「ミリー・ルルは有名な義賊でもあったしな。あくどい金持ちから資産を庶民に還元する、庶民の味方ってやつよ」

なるほど。世間は【盗賊王】にそれほど悪い印象は持っていないようだ。

ヒューミッドはふと気づいたように眉間に皺《しわ》を寄せた。

「つーか、普通に返事しちまったけど、お前気づいたらここで休憩してねえか？　討伐依頼リストの整理は終わったのかよ」

「はい。午前中には」

僕は傍らに置いた書類の束をぽんと叩《たた》く。

「は？　嘘《うそ》だろ、そんな早く終わる訳ねえ」

ヒューミッドが必死の形相で僕の仕事の粗さがしをしてくれている横で、フェリシアさんが僕の持つ新聞を眺めて言った。

「【盗賊王】って、とにかく情報が少ないんですよね。冒険者時代もギルドには必要最低限しか顔を出さなかったようですし、その時も帽子を被っていたり、マスクをつけていたりして、あんまりはっきり顔を認識している人も少なくて」

当時から人前に敢えて出ないように振る舞っていたようだ。

その辺りは僕も共感できる。

全国新聞にも彼女の顔写真は載っておらず、幸いちゃんと処分できていたようだ。

「そういえばテネスさん、連休中はアルバロス監獄を観光に行くって言ってましたよね」

「はい。ちょうどその日の夜に脱獄騒ぎがあって」

「ええっ、すごい偶然。それは大変でしたね」

「はい。本当に大変でした」

「【盗賊王】、今どこにいるんでしょうかね」

「そうですねぇ……」

フェリシアさんの呟《つぶや》きに、僕はしみじみ頷《うなず》いてみせた。

居場所がわからないのは、僕も同じだからだ。ミリーも僕らと同じく、地下墓地を拠点にすることにはなったが、情報収集のため方々に出向いている。

手配書がまわっているから、あまり無理はしないと言ってはいたが。

僕は昨晩のミリーとの会話を思い出す。


「継承戦の準備はあちこちで進んでたみたいだぜ」

ミリーは僕の机の端に腰を下ろして言った。

「ってか、ここすげー場所だな。あたしも幾つかアジトを持ってたけど、規模が全く違う。まるで地下迷宮だな」

初めてアジトに入ったミリーは、辺りを見回して溜《た》め息をついた。

ご先祖の【隠者】が秘密裏に作り上げた地下墓地のアジトは、円形の玄関ホールを中心に扉が十ほど壁に放射状に並んでおり、その先にも幾つもの分岐がある。巨大な蟻《あり》の巣とでもいうのか、うっかりすると現在地がわからなくなるほどだ。

ここに住み始めてしばらくになるが、いまだ全容は把握できておらず、百年以上住むリーシャすら立ち入ったことのない部屋もあるらしい。

僕はとりあえず玄関ホール正面にある書庫脇の小部屋を自室として使うことにした。

五、六歩も歩けば壁に当たる手頃なサイズ感が心地よいのだ。

「こんなにでかいんだから、もうちょっと広い場所を使ったらいいんじゃね？」

「狭いほうが落ち着くので」

ミリーの提案に、僕は首を横に振る。

「あんな大胆な行動を取る割に、面白い奴だよな。テネスって」

「それで、継承戦の動向は？」

「ああ、あたしが捕まる前までの情報だけどね。もっとも表立って動いているのが八位のバルザック家」

新聞にも載っていた情報だ。

十位のエクスロード家の領地に攻め込んだ、というところまでは僕も知っている。

「それは一般情報ではありませんか」

ドアの前に立つリーシャが指摘すると、ミリーはあっけらかんと答えた。

「まあ、待ちなって。あそこは『神託』が出て、すぐに次期当主のイグナス・バルザックの命令で軍隊の増強に動いたんだ。【炎帝】のジョブを貰《もら》った火炎魔法の使い手さ」

「火炎魔法の使い手……」

「次期十貴将の中でも特に好戦的な奴だな。性格も火の玉みたいな奴で、よく言えば単純でわかりやすい。悪く言えば制御が利かない」

「なるほど……」

フィオナ姉さんは会合やパーティで、他の十貴将の次期当主のうち何人かとは会ったことがあるようだが、当然僕はそんな公の場には出られないのでライバルたちの顔すらわからない。

そういう意味では有益な情報だ。

「ついでに言うと――」

ミリーは更に当時のバルザック領の軍事費や軍隊規模もすらすらと口にする。

当然新聞に載るような情報ではなく、おそらくルメール家も把握していないだろう。

あちこちに部下や仲間がいるミリーは、独自の情報網を持っているらしい。

「どう？　多少は役に立つだろ？」

「……む」

リーシャはほんのわずかに頬を膨らませる。

「……少し、考えを改めました」

彼女は嘘がつけないので、微妙に悔しげに、しかし、しっかり頷く。

「あなたがご主人様の覇道の礎となりえるならば、受け入れましょう」

「いや、覇道って、そんな大したもんじゃないけど……」

僕はただ世話になった姉を少し助けたいと考えているだけだ。

しかし、ミリーはリーシャの言葉に勢いよく呼応する。

「勿論《もちろん》さ。あたしが義賊をやったのも、理不尽な世の中を少しでも変えようと思ったからだしね。継承戦を操るってことは、つまり世界を変えるってことだ。テネスは命の恩人だし、協力はさせてもらうよ」

「だから、そんな大袈裟《おおげさ》なつもりはないんだけど」

「ご主人様の覇道に」

「世界の変革のために」

「いや、あのね……」

口を挟もうとするが、なぜか女子二人は、こつんと拳を打ち合わせた。

なんだか妙な空気になってきている。

ミリーは机からぴょんと降りると、大きく伸びをした。

「ま、今はバルザック家の軍事面はもっと増強されてるだろうけどね。さすがにアルバロス監獄に収監されている間は、情報が入らなかったからさ。という訳で、ちょっと情報更新に出掛けてくるぜ」

そう言ったミリーは、去り際にふと足を止める。

部屋の端で、皿に入れたミルクをぺろぺろと舐《な》めている小動物が目に入ったようだ。

「って、ここにはペットもいるのかよ」

「うん、プリルっていうんだ」

「へぇ、プリルねぇ。よろし……」

プリルに近づいたミリーは、次の瞬間大きくのけぞった。

「って、ブラックフェンリルっ？」

「うん」

「うん、じゃねえよっ。成体は討伐ランクSクラスの超上位魔獣《まじゅう》だぞっ」

「らしいね」

「らしいって……」

ミリーは腰に手を当て、苦笑しながら言った。

「ったく、本当に面白い奴だな。じゃあな。役に立ってくるぜ」


うららかな陽光が小窓から射し込む昼下がり。

「テネスさん、どうしました？」

「ああ……いえ、ちょっと考え事をしてました」

フェリシアさんの言葉で、僕の意識は冒険者ギルドの倉庫に舞い戻る。

彼女の隣では、ヒューミッドが書類を凝視しながら悔しそうに机を叩いていた。

「くそっ。まじで全然間違いがねえっ。どうなってんだよっ」

「それはそうですよ。テネスさんは優秀ですから」

お弁当をしまいながら言うフェリシアさんに、僕は頭を下げた。

「フェリシア先輩のご指導のおかげです」

「そ、そんなことないですよ」

「いえ、丁寧な指導にいつも助かっています」

「ほ、本当……?」

「はい、これからもご指導ご鞭撻《べんたつ》のほど何卒宜しくお願い致します」

「にへぇ」

「フェリシアちゃん、こいつに軽く乗せられていい気になっちゃ駄目だっ」

ヒューミッドが慌てた様子で、満面の笑みのフェリシアさんの肩を揺すっている。

「大丈夫ですよぉ、ヒューミッドさん。優秀な後輩にちょっと褒められたからって、私そんな簡単に乗せられたりしませんよぉ。ふひひぃ」

「ぜってぇ乗せられてるっ……!」

なんだか、平和だ。

しかし、そんな世界の裏では、次期皇帝の座を狙って、大貴族たる十貴将が密かに互いの動向を窺《うかが》っている。今は嵐の前の静けさという状況だろう。

ヒューミッドが間違い探しを断念した討伐リストを、僕は手許に引き寄せた。

魔獣ごとの討伐ランクや報奨金が記された書類なのだが、本部からちょくちょく新情報が送られてくるので、そのたびに更新作業が発生するのだ。ぱらぱらと確認していくと、ミリーが言った通り、確かにSランクのところにブラックフェンリルという名前がある。

――一夜で小国を滅ぼしたともされる、ほぼ伝説上の生き物。万が一生きた個体に遭遇することがあれば速やかに退避を。

「……」

そんな記載を眺めながら、僕はぼんやりと考える。

拠点を手に入れ、メイドがついて、諜報《ちょうほう》手段を手に入れた。

次の課題は戦力の増強だ。

メイドかつ伝説の【剣姫】であるリーシャは一騎当千の戦闘力を保持しているが、なんせ相手は強大な力を有する十貴将だ。大陸の支配層として、特に序列上位に行くほどその権力、資金力、軍事力は計り知れないものになっていく。

【盗賊王】がせっかく有益な情報を入手しても、それを活かせなければ意味がない。

そのためにも、戦力の拡充が必要不可欠だ。

できればリーシャと同等レベルの力を持った存在が――

「そういえば……」

僕はもう一度書類をめくり直した。

整理をしている時に気になる討伐対象があったのだ。

「フェリシア先輩、ちょっと教えて欲しいんですけど」

「はいっ！　丁寧な指導に定評のある私に、なんでも聞いて下さいぃっ！」

「めちゃくちゃ乗せられてるじゃねえかよぉぉっ！」

潑剌《はつらつ》と応じるフェリシアさんと頭を抱えるヒューミッドに、僕は書類を掲げて見せる。

「これなんですけど」

「はいっ。こちらはダークエルフの討伐表でございますよっ」

「ダークエルフって討伐対象なんですか？」

エルフは主に森を棲《す》み処とする種族で、生まれつき高い魔力を持つことで知られている。

厳密には人間とは異なる種族ではあるが、表立って敵対している訳でもなく、そもそも魔獣を対象としている討伐リストに名前があるのは不自然に思えた。

すると、フェリシアさんはにやりと口角を上げた。

「おやおやぁ、テネスさんはご存じないんですねぇ。ここは先輩の私が優しく手ほどきしてあげますことですよ。ふひひぃ」

話し方と笑い方がだいぶおかしくなっている。

少し乗せすぎたかもしれない。

こういう素直なところからも、やはり彼女はいい人だ。

咳《せき》払いをすると、フェリシアさんは我に返ったように頰を染めて言った。

「え、ええと、ダークエルフはエルフの中でも非常に稀《まれ》な存在なのはご存じですか」

「はい。聞いたことはあります」

「滅多に誕生しない変異種で、普通のエルフを遥《はる》かにしのぐ強大な魔力を持つと言われています」

普通のエルフが既に普通の人間を遥かに凌駕《りょうが》する魔力を有しているので、ダークエルフの魔力がいかに規格外かがわかる。

実際、半ば伝説のような扱いになっており、記載された討伐ランクはブラックフェンリルと同じ最上位のSクラスだ。Sクラスの中にも序列はあるのだろうが、基本的に一個師団にも勝るとされる怪物がまとめてSにランク分けされることになっている。

「それで、どうしてダークエルフが討伐対象に？」

エルフは十分な知能レベルを持ち合わせており、別に好戦的な種族でもない。人間との交流もあるし、放っていたから危険という訳でもないだろう。

僕の疑問に、フェリシアさんは人差し指を立てて答えた。

「さっきも言ったように、ダークエルフはエルフの中でも稀にしか誕生せず、かつ莫大《ばくだい》な魔力を持っています」

「はい」

「その希少性と圧倒的な魔力から、かつて一部の人々の間でダークエルフを崇拝するような動きがあったんです」

「崇拝、ですか」

確かにそれだけ特別な存在であれば、信仰の対象となってもおかしくはない。

ようやく僕にも話が見えてきた。

「それを面白くないと感じる者がいた訳ですね」

「はい……民間信仰の流行は世相の乱れに繋《つな》がるということから、皇帝領からダークエルフの崇拝禁止令が出まして……」

禁止どころか、ダークエルフは崇拝の対象から、冒険者の討伐対象に格下げされたのだという。

なかなかな仕打ちである。

そして、この勅令には更に裏があるはずだ。

――神。

このノヴァリウス神皇国を大陸の覇者に導いた唯一絶対の存在。

それ故に、神は自分以外の者が信仰されるという事態を看過できなかったのではないか。

そういう『神託』が直接降りたのか、皇帝領が神に忖度《そんたく》したのかはわからないが、いずれにせよ伝説上の存在たるダークエルフは魔獣と同列の扱いにされた。

「意外に心が狭いな」

「え、何の話ですか？」

「いや、なんでもありません。それで、ダークエルフは今どこかにいるんですか？」

圧倒的な力。そして、神に虐げられた存在。

いかにも僕好みではないか。地下に相応しい人材だ。

フェリシアさんは記憶を掘り起こすように虚空を眺めて口を開いた。

「確か……この皇帝令が出た時に、人里で暮らしていたダークエルフが捕獲されたという話があるみたいです。でも、すぐに逃げられたって」

「逃げた……？　いいですね」

「い、いいんですか？」

「それっていつ頃の話ですか？」

「ええと……記録では百年くらい前だった気がします」

「百、年……」

想像のだいぶ上を行く回答に落胆しかけたが、エルフはかなりの長寿と聞く。

まだ諦めるのは早い。

「その後、ダークエルフの目撃情報ってあるんですか？」

「私は聞いたことないですけど……テネスさん、どうしてさっきからそんなにダークエルフに興味を持っているんですか？」

「だって、そんなに珍しいなら会ってみたいじゃないですか」

「廃墟《はいきょ》だったり、監獄だったり……テネスさんって不思議なものに惹《ひ》かれるんですね」

「そうかも……しれません。廃墟。監獄。討伐対象になった希少種族。そういう世の中から打ち捨てられたものの中にこそ、もしかしたら本当に大事なものが隠れているんじゃないか……そんな気がするんです」

僕はなんとなく憂いを帯びた瞳を遠くに向けて言ってみた。

「テネスさん……」

「ちょおおぉいっ！　いい雰囲気になるの禁止っ、禁止だっ！」

突然口を挟んできたのはヒューミッドだ。

「ダークエルフの噂だけどな、俺は聞いたことあるぜ」

「え、本当ですかっ」

僕とフェリシアさんは、同時にヒューミッドに目を向ける。

少し気をよくしたのか、同僚は腕を組んでにやりと笑った。

「でも、どうすっかなぁ～。ただで教えるのもなぁ」

「幾ら払えばいいですか？」

「お前、躊躇《ちゅうちょ》なく値段交渉始めるのな……」

「趣味にはお金をかけるほうなので」

ヒューミッドは軽く舌打ちして、ぼりぼりと頭を搔《か》いた。

「別にいらねーよ。聞いたっつっても今朝の話だしな」

なんでも冒険者の一行が、昼前にギルドを訪ねて、エルザの森への行き方を聞いてきたそうだ。ラボス地区の西側に広がる広大な原生林のことで、太古の生態系が残っていることで保護区域に指定されている。

応対したヒューミッドが理由を尋ねると、「観光に決まってんだろ」とつっけんどんに返され、それ以上は教えてくれなかったようだが、去り際に「こんな片田舎のギルドにダークエルフの報奨金が用意できるのかよ」と、そのうち一人がつぶやいたらしい。別の一人がすぐにその人物の頭を叩いて「余計なこと言うな。必要なら本部から引っ張ってくるだろうさ」と諭したという。

僕はダークエルフの討伐表を見つめて言った。

「その冒険者たちは、ダークエルフの生息地の情報を摑《つか》んでいる？」

「会話の流れからすると、そうかもしんねーな」

「あの、僕」

「早退か？　いいぜ、行ってこいよ」

「いいんですか、ヒューミッドさん？」

驚くフェリシアさんに、ヒューミッドはにやりと笑って、親指を立ててみせた。

「大事な趣味なんだろ？　今日の仕事は完璧に終わってるし、上にはうまく言っといてやるよ」

「ありがとうございます。お土産買ってきますね」

僕は立ち上がって、手早く帰り支度を始めた。

ダークエルフにたどり着くためには、その冒険者一行の後を急いで追う必要がある。

確か大通りの停留所から、エルザの森の入り口まで定期観光馬車が出ていたはずだ。

「それじゃあ、お先に失礼します」


新人雑用係が風のようにギルドを退出した後、フェリシアが戸惑った様子で言った。

「意外でした。ヒューミッドさんがテネスさんの早退を認めるなんて」

「不思議か？」

「なんとなくテネスさんに厳しい印象があったので」

「あいつは若いし、新人のうちにしっかり教育しとかないといけないからな」

「じゃあ……？」

「だけど、時には仕事より優先するものがあってもいいってことよ。俺って理解ある先輩だろ。フェリシアちゃんもなんでも頼っていいんだぜ」

「は、はい」

前髪を掻き上げたヒューミッドは、雑用係が出て行ったドアを眺めてほくそ笑む。

――くくく、あの冒険者たちを追って、ひでえ目に遭いやがれ。

＋＋＋

「料金は弾むので、なるべく早くお願いします」

「よしきた。振り落とされんなよ、お嬢ちゃん」

「僕は男です」

「そ、そうか。悪かったな」

定期観光馬車では次の発車時間が遅すぎたので、僕は観光馬車の事務所に寄って、直接交渉することにした。相場の十倍払うと言ったら、足の速い馬の後ろに直接乗せて連れて行ってくれるという者が見つかったのだ。

ギルド新人職員の給料的には厳しいが、ルメール家追放時に姉さんの慈悲でそれなりの手切れ金を貰っているので、今のところはなんとかなっている。

いずれ金策の専門家も仲間に加えたいところだ。

「行くぞぉ、出発っ！」

栗毛《くりげ》の馬がひひんといななき、ひづめが豪快に地を蹴った。

雷魔法で筋力強化をすれば、馬より早く走れるが、なんせ僕は体力がない。風魔法を上手く組み合わせて使えば、肺活量を飛躍的に伸ばすこともできると思うが、今回の相手は莫大な魔力を誇るダークエルフ。現地につくまでは、魔力も体力もなるべく温存しておきたいのだ。

「ちなみになんで急いであんな場所に行きてえんだ、嬢……坊主？」

目の前の背中に、僕は答える。

「会いたい人がいるんです」

「か～、いいねぇ。若いってのは。何年ごしの恋なんだ？」

「百年……ですかね」

「百年だあっ？　よくわかんねえけど、あついっ。めちゃめちゃあついじゃねえかっ！　おじさんはりきっちゃうぜぇっ」

なんだか前のおじさんが燃えている。僕はその背中にもう一度声をかけた。

「ところで、ゴーリオ兄弟という冒険者をご存じですか？」

ヒューミッドの態度が妙だったので、ギルドを出る前に気配を消して来客記録をチェックしてきたのだ。

記録によると朝にヒューミッドが応対していた冒険者はゴーリオ兄弟という三人組だった。

「ゴーリオ兄弟？」

定期運行馬車の御者であれば、様々な冒険者も乗せてきているはずだ。

なんらかの噂を聞いている可能性も高いと思われる。

「ああ、ちょくちょく聞くぜ。評判の悪い奴らだよ」

予想通り、噂を耳にしていた。

「兄弟で冒険者をやってる野郎共だけど、冒険者っていうより賞金稼ぎって感じだな。腕は立つみてえだけど、裏社会とも繋がりがあって、非合法の狩りも色々やってるって噂だ。東の出身で、追い出されるようにしてルメール領に流れ着いたってよ」

おじさんは苦々しい口調で悪態をついた。

「とにかく態度が悪くてよ、周りを召使いか何かと勘違いしてんだ。気前のいい坊主とはえらい違いだ」

「なるほど……」

ヒューミッドはそれを知っていたから、積極的に僕を送り出した訳だ。

「これは礼を弾まないとな……」

むしろ僕にとっては歓迎すべき展開だった。

ゴーリオ兄弟が裏社会と繋がりがあるというなら、ミリーと同じように独自の情報ネットワークを持っている可能性がある。

ダークエルフ目撃の信憑《しんぴょう》性がぐっと高まった。

「よっしゃ、百年越しの恋人とやらに急いで会いに行こうじゃねえか」

おじさんは意気揚々と言って、手綱を強く引いた。

＋＋＋

定期観光馬車では二時間以上かかる旅程を、おじさんの駆る馬は一時間と経たずに駆け抜けた。

停留所に到着し、僕は上機嫌のおじさんに頭を下げる。

「ありがとうございます」

「頑張れよ、坊主。想い人と会えるといいな」

停留所の待合室で時計を確認すると、朝の定期観光馬車は少し前にここに到着しているようだ。

今から追えばゴーリオ兄弟に追いつける可能性は十分ある。

僕は停留所を離れ、観光者用の遊歩道に足を向けた。

平日なので人はまばらにしかいない。

遊歩道の両脇には見上げるような針葉樹林が密集しており、森全体にうっすらと靄《もや》がかかっていた。太古の生態系が保存されており、希少な動植物がいることから辺り一帯は保護区扱いになっている。観光客が入れるのはごく手前の一部だけだ。

その奥には幽玄なる山林が静かに横たわっている。

僕は遊歩道の奥にいた観光客に声をかけた。

「すいません、人相の悪い三人組を見ませんでしたか？」

「人相が悪い三人組……？　ああ、あっちの細道の前で地図を見ながら立ち止まっている連中がいたな」

人相が悪い、というのは単なるイメージだったが、どうやら通じたようだ。

遊歩道には監視員のいる小屋が一定間隔ごとに建っており、保護区への侵入を監視している。

言われた場所へと駆け足で向かうと、監視員らしき男が仰向けに倒れていた。

「大丈夫ですか？」

「う、あ」

身体を揺らすと、男は顔を歪《ゆが》めながら目を開き、頭を押さえた。

「痛っ……くそっ。なんてこと、しやがる」

「何が起きたんですか？」

「保護区に入ろうとしてた奴らがいたから、声をかけたら、いきなり殴られて……」

ゴーリオ兄弟の仕業だろう。なかなかの傍若無人《ぼうじゃくぶじん》ぶりだ。

遊歩道はロープで区分けされているのだが、その外側に獣道のような細道があり、かなり遠くにちらちらと冒険者らしき背中が見え隠れしている。

「それはよくないですね。僕が連れ戻してきます」

「君、危ないよ。応援を、呼ぶから」

「その間に逃げられてしまいます。任せて下さい」

「え、君」

「それでは！」

僕は素早く返事をして、自然な動作で獣道に足を踏み入れた。

息を細く吐いて、気配を薄くしていく。

【隠者】の能力『薄影』には幾つかの段階がある。

そもそも僕は普通にしていても地味で目立ちにくいのだが、意識して息を細くして足音を立てないようにすると更に目立たなくなる。

一瞬相手の死角を突くことが可能だが、姿自体が消える訳ではない。

これが『薄影』レベル一。

次に、気持ちを落ち着けて、呼吸を止めると、相手の視界から自分の姿を消すことができる。実際は消えておらず極限まで存在感が薄くなっているのだろう。

これが『薄影』レベル二。

その先として、呼吸を止め、動きを止め、気配まで完全に消すように意識すると、自分の存在すら相手の意識外に置くことができる。

これが『薄影』レベル三。

段階が上がるほどに気力・体力の消耗が激しく、持続時間も短くなるので使いどころが重要になりそうだ。他にも触れたものを消す『神隠し』。隠されたものを見つけやすくなる『千里眼』あたりが僕の認識した能力だ。これらにも段階がありそうで、今後検証予定である。

とりあえず僕は『薄影』レベル一の状態で、標的の背中を追った。

ゴーリオ兄弟はちょくちょく立ち止まって地図を確認している。方位磁針のようなものも持っている様子だし、やはり明確な目的地が存在しているようだ。

ここが保護区であることを考えると、ネタ元は密猟者かもしれない。

苔《こけ》むした岩を這《は》い上がり、倒木を踏み越え、生い茂る繁みを掻き分け、道なき道を一時間近く彼らは進んだ。なかなかの執念だ。僕は体力がないので休憩しながら後を追ったが、彼らが道を切り開いてくれなければ、とても到達はできなかった気がする。

それから更に一時間ほど歩いて、ようやく冒険者たちは足を止めた。他の区域と比べると、少しだけ開けた場所になっており、天まで伸びた針葉樹に囲まれた丸い空を望むことができた。

うっすらと漂う霧に紛れ、僕は呼吸を整えながら三人の様子を窺った。

「この辺りに棲み処があるはずだな」

「どこにもいねえぞ、兄貴」

「そんなにすぐに見つかるかよ。周辺を探すぞ」

会話からしても、やはりここが目的地のようだ。

三人はしばらく周囲を探索していたが、なかなかダークエルフの痕跡は摑めない。

「畜生。ガセネタかっ」

一人が地団太を踏んで、大声を上げる。

「いや、大元は闇ギルドの情報だ。ガセってことはねえだろ」

「だが、どこ探してもいねえぞ」

「これだけでけえ森だ。もう移動しちまったか。くそがっ」

――え～……。

落胆したのは僕も同じだ。

ヒューミッドに借りを作った上に、二時間も森の中を歩いてきたというのに。

しかし、末弟と思われる男がそこで声を上げた。

「おい、兄貴っ」

「なんだ、見つかったかっ」

にわかに三人が騒ぎ始め、僕の胸も期待に膨らむ。

「あの枝にツバメバチの巣があるぜ」

「馬鹿か。俺らが探してんのはダークエルフだぞ」

「わ、わかってるけど、この時期は凶暴だから気をつけねえと」

「んなこたあ知ってんだよ。変な期待持たせるんじゃねえ」

「おい、兄貴っ」

次は別の一人が兄貴分の肩を叩く。

「今度こそ見つかったか？」

「あそこの木のうろを見ろよ。翡翠《ひすい》ウサギだぜ」

指さす先に、確かに青緑色の美しい毛並みをしたウサギがいる。

「揃《そろ》って馬鹿共がっ。だから、俺らが探してんのは、伝説のダークエルフだぞ」

「そ、そうだけど、あれだってかなりの希少種だ。相当な値段で売れるぜ」

「……ちっ。まあ、確かにな。仕方ねえ。とりあえずあれを持ち帰るか」

「……」

僕がわずかに腰を落とした瞬間――

「引き返せ」

どこからか声がした。

鼓膜に直接響くような、低くて重い声。

「誰だっ！」

長兄と思われるトサカのように髪を逆立てた男が叫んだ。

しかし、声の主の姿は見えない。

「森を荒らすな。早々に去れ」

声は生い茂る木々に反響し、四方八方からまるで警告のように響き渡る。

「兄貴、ダークエルフかっ？」

「ま、まじでいやがった」

「誰が帰るかよっ。やるぞ、お前らっ」

興奮して刃物を握る三兄弟に対し、声は低く、冷たく言い放った。

「では、強制的に退去してもらおう」

次の瞬間、拳大の光の玉のようなものが正面から物凄い速度で飛んできた。

「ぎゃふうぅっ！」

それが兄弟の一人に命中、衝撃音とともに、男は縦に回転しながら森の奥へと吹き飛んだ。幹に背中から激突し、そのままずるずると下生えに沈む。

「なんだっ⁉」

「魔法？」

息つく間もなく複数の光弾が降り注ぎ、爆音とともに大地が爆ぜた。

「兄貴いっ！」

「幹の後ろに隠れろっ！」

長兄が次兄の首根っこを摑んで、大木の背後に引きずり込んだ。

雨のような攻撃が一瞬止み、二人が慌てた様子で言葉を交わす。

「ど、どうするよっ、兄貴」

「ちっ、あんなん見たことねえ。何系統の魔法だ？」

「わ、わかんねえっ。兄貴、俺、震えが止まらねえよ」

「ああ、今までに感じたことがねえ圧だ」

「か、帰るか……？」

「馬鹿野郎っ。ここまで来て帰れるかよ。攻撃が来た方向に獲物はいるんだ。いけっ」

「ひえっ！」

三兄弟の長兄が、弟の尻を蹴って木の幹から叩き出した。

即座に光の弾が爆撃のように注ぎ、飛び出した男を彼方へ吹き飛ばす。

「去れ」

淡々と忠告する声に、しかし、かすかに焦りが滲《にじ》んだ。

「やっぱりな」

ゴーリオ兄弟の長兄が、いつの間にか盾としていた木の幹から少し離れた場所に立っていた。

その左手は木のうろにいた翡翠ウサギを摑んでいる。

「黙って身を隠しときゃよかったものを、急に警告なんてしてきやがるのが妙だとは思ったんだ」

男はにやりと笑って、翡翠ウサギの首に右手をかける。

「お前は、こいつが大事なんだな」

「……」

「伝説のダークエルフの割に攻撃に遠慮があったし、木の幹ごと俺らを貫けばいいのに、それをしなかった。エルフってのは森の守護者って呼ばれるよな。森や森の生き物を無駄に傷つけたくない訳だ。違うか？」

ゴーリオ兄弟の長兄は意外に鋭い考察を見せる。

弟を囮《おとり》にしている間に、翡翠ウサギを捕まえにいった訳だ。

賞金稼ぎとしてのキャリアは伊達《だて》ではないらしい。

「さあ、姿を見せやがれっ。じゃねえと、このウサギがどうなるかわかるだろ？」

「……」

わずかな沈黙の後、がさと葉が揺れる音がして、正面の針葉樹の上方の枝に、美しい女が姿を現した。

尖《とが》った耳。

銀糸を編み込んだような輝く銀色の長髪。

そして、森の陰に溶け込むような褐色の肌。

髪と同じ色の涼しげな銀の瞳が森への侵入者を睥睨《へいげい》している。

「ダーク、エルフ……」

討伐ランクSクラス。伝説ともいえるその超然とした佇《たたず》まいを前に、冒険者はどこか茫然《ぼうぜん》とつぶやいた。

「ま、まじでいやがった。くはは、てめえを捕らえりゃ一生遊んで暮らせる金が手に入るっ！」

「話が違うな。姿は見せた。ウサギを放してもらおう」

「はっ、誰が離すかよっ。こっちに来いっ。余計な動きを見せたらわかってんだろうな。俺を攻撃したら、その勢いでウサギの首をへし折っちまうぞ」

ダークエルフは目を細めて、溜め息をついた。

右手で自身の左腕を押さえながら、声色をもう一段低くする。

「やはり人間は碌《ろく》でもないな。百年経ってもまるで変わらない」

「あの、ちょっといいでしょうか」

木陰から突然姿を現した僕に、ゴーリオ兄弟の長兄は飛び上がって叫んだ。

「な、なんだ、てめえはっ。いつからいやがったっ！」

「最初からいました」

「ちょ、てめ、おいっ」

「ちょっと後にして下さい。今はダークエルフさんに話があるので」

僕は片手を上げて男を制し、視線を伝説のエルフに向けた。

「あなたはあまり驚いていませんね」

「森が他にも侵入者がいることを教えてくれていた。だが、お前からは害意が感じられない。別に用はない」

「なるほど、森が……」

森そのものと対話ができるということだろうか。

そこまでは気がまわっていなかった。さすが森と生きる賢者。

僕はダークエルフに視線を固定したまま続けた。

「あなたに用はなくとも、僕にはあるんです」

「おい、俺を無視すんな」

「ダークエルフさん、僕の仲間になってくれませんか？」

「はあっ？　てめえ何を言ってんだ」

そばでわめくゴーリオ兄を無視して、僕は言った。

ダークエルフは枝の上で、腕を組んで僕を冷たく見下ろす。

「……仲間だと？　私が頷くと思うのか？」

「ただでとは言いません」

「どういうことだ？」

「あなたが今抱えている問題を解決します」

「……」

ダークエルフと僕の目線が、今度は翡翠ウサギを抱えた男に向かった。

「ひとまず、このウサギを僕が取り返します」

「あぁ？」

ゴーリオ兄の声色が変わる。が、僕は気にせず、ダークエルフに話し続けた。

「どうですか？　交換条件です」

「ウサギ一匹を助けた見返りに、この私に人間の仲間になれと？　随分と不遜な願いだな。条件が全く釣り合っていない」

「そうでしょうか？　百年も人間から隠れて過ごしていたあなたが、今回このウサギのためにわざわざ姿を現した。あなたにとってそれだけ重要なのでしょう？」

「……」

ダークエルフはしばし口を閉じ、少し呆《あき》れ口調で言った。

「変わった奴だな」

「時々言われます」

「私にとって重要という訳じゃない。この森にとって重要なんだ」

ダークエルフは太古からある森林をざっと眺める。

「翡翠ウサギは森の木々を内側から腐らせる害虫を食べる。優秀な森の掃除屋なんだが、一時の乱獲のせいで、絶滅危惧種になっていてな。そのウサギは今妊娠中なんだ。森の未来の守り人を多数抱えている訳だ」

「なるほど。だから、重要なんですね」

横に顔を向けると、賞金稼ぎは翡翠ウサギを摑んだまま僕を睨《にら》みつけた。

「この俺を知らねえのか。ガキとはいえ、ただじゃ済まねえぞ」

「よく知りませんが、評判がすこぶる悪いのだけは知ってます」

「今土下座して謝れば許してやる。さもなきゃ二度と日常に戻れなくしてやる」

ゴーリオ兄は腰の剣を抜いて、凄んでみせた。

数多の血を吸ったであろう刀身が鈍く光っている。

僕は相手の言葉を聞き流し、もう一度ダークエルフに問いかける。

「じゃあ、交渉は成立ということでいいですね?」

「……」

ダークエルフは僕と賞金稼ぎを交互に見た後、やがて嘆息して言った。

「……いいだろう。本当にできるならな」

「では」

僕がゴーリオ兄に向き直ると、相手は右手の剣を大きく振り上げた。

「よっぽど死にてえらしいな、小僧っ！」

が、すぐに戸惑ったように視線を彷徨《さまよ》わせる。

「ん、あれ？　どこだっ」

『薄影』レベル二。

呼吸を止めて、相手の視界から消えたのだ。

わずかな間があって、僕は少し離れた場所に姿を現した。

「ん、あれっ？　ど、どこにいやがった」

慌てた様子のゴーリオ兄に背を向け、僕はダークエルフに言った。

「ひとまず翡翠ウサギは取り返しました」

「……っ」

「は？」

ダークエルフは銀の瞳をわずかに見開き、冒険者はぽかんと口を開ける。

僕の右腕には確かに翡翠色のウサギがすっぽり収まっていた。ふわふわした毛並みが心地よく、なんとなくプリルのことを思い出す。

「え、ちょっ？」

男は驚いて自らの左手に目を向けた。翡翠ウサギを掴んでいたはずの位置には、ざらざらとした赤黒い籠のようなものがぶら下がっていた。

ツバメバチの巣。

「ぎゃあああああっ！」

巣から飛び出した大量の拳大のハチたちに襲い掛かられ、男は叫びながら辺りを逃げ回る。姿を消している間に入れ替えたのだ。

森に悲鳴が響き渡る中、僕は翡翠ウサギをゆっくりと地面に置いた。その場で一回転した後、翡翠ウサギは森の奥へと駆けて消えていく。

軽く息を吐き、僕は枝の上に立つダークエルフに語り掛けた。

「さあ、約束は果た――」

「待て、こらぁっ！」

大声で遮ったのは、肩で息をしているゴーリオ兄だ。

額や肩などあちこちが赤く腫れ上がり、手負いの獣のように荒く息を吐いている。

「なんでしょう？」

「なんでしょう、じゃねえっ。こっちは死ぬとこだったぞ、ガキっ！」

「危ないところでした。大自然の脅威というのはげに恐ろしき……」

「やったのてめえなんだろうがっ」

「あまり興奮するとハチの毒がまわりやすくなりますよ」

「うるせえっ、てめえは絶対にぶっ殺す」

ゴーリオ兄はふーふーと鼻息を鳴らした。本来、彼の標的はダークエルフであって僕ではないはずなのだが、怒りで我を忘れているようだ。

僕は腰を落とし、ゴーリオ兄弟の次兄が地面に落とした剣を拾い上げた。

姿を消し、手にした剣も消して、相手に不意打ちをかければ確実に勝てるだろうが、僕は敢えて見せつけるように剣を構える。

今後継承戦を戦っていくに当たって、人間相手に素の力でどの程度やれるのかを知っておく必要がある、と僕は考えていた。

魔力が尽き、能力も使えず、仲間がおらず、手練れの相手と一対一で向き合うシチュエーション。そういう状況に陥らないのに越したことはないが、いつ何が起こるのかわからないのが人生だということを僕はよく知っている。

従兄のマシューは最初から僕を舐めてかかってきていたためあまり参考にならない。かといって、【剣姫】リーシャロッテを相手にした時は、ゆっくりと自分の実力を試す余裕はさすがになかった。

そこで評判は悪いが腕は一流、とされるゴーリオ兄はうってつけの相手と思われた。

「があっ！」

冒険者は咆哮《ほうこう》とともに、握った剣を僕の脳天に向かって振り下ろしてきた。

頭に血が上っているのか、雑な大振りだ。

僕は刀身を横にして、基本通りにそれを受ける。

相手のほうが上背があるので、刀をわずかに傾けて力を受け流した。

これも基本だ。

ザルマ流。オルレイン流。東テバートン流。リーシャには及ばないだろうが、ルメール城にあったあらゆる流派の剣術の指南書を僕は幼い頃から読み込んでいた。まずは基本の型から始め、身につくまでひたすらに狭い自室で反復練習を繰り返す。

その後は軍隊の訓練を隠し見て、訓練内容を調整。基本を学んだ後は、実戦として危険区域の魔獣を相手にしながら自分なりの応用動作を練り上げていく。

「てめっ！」

再び勢いに任せた一撃が、轟音《ごうおん》をまといながら僕に迫ってきた。

マシューと違い、決まった剣の型はなく、かなりの部分が我流と思われる。それでも腕力とセンス、そして動物的な勘のようなものでここまで成果を上げてきた訳だ。

こういう型のない相手には基本に忠実に対応するのがいい。反対にマシューのように型がしっかりしている相手には、裏をかく変則的な動きをするほうが効果的だ。

静と動。

虚と実。

緩と急。

相手の動向を常に観察しながら、その逆を突いていく。

「くそっ、なんなんだっ。いい加減にしろっ！」

僕を捉えられない相手は声を荒らげて、力任せの突きを放ってきた。

踏み込みが深い。

僕はその場で身を反転させた。すぐ脇を抜き身の刃が通り過ぎる。

重心が前に偏っており、相手はすぐに体勢を立て直せない。

仕留め時だ。

僕は身体を捻りながら、その勢いで男の腹部に刀の腹を叩き込んだ。

「がふぅぅっ！」

遠心力で増幅された一撃を受け、相手は悶絶《もんぜつ》しながら膝をついた。

「て、めえ……」

血走った目で、腹を両手で押さえながら、ゴーリオ兄は苦しげに呻《うめ》く。

とりあえず熟練冒険者を相手にしても、純粋な剣技だけでもなんとかなることは検証できた。

「これに懲りたら、森を荒らすのはやめて下さい」

「ぐ、だ、誰が……」

「下がっていろ」

いつの間にか地面に降り立ったダークエルフが、僕のすぐ後ろまで来ていた。

冒険者の目の前に立ち、彼女は言った。

「こういう輩には何を言っても無駄だ」

ダークエルフはゆっくりと右手を掲げる。

憎々しげにエルフを睨んでいた冒険者は、やがてその視線を中空に向け、絶句した。

「お、おい……」

光球。

空中に巨大な光の球が浮いている。

それは森の中にぽっかりと開けた空間を埋め尽くすほどのサイズで、まるで放電でもするように、魔力の筋が周囲をびりびりと光りながら走っていた。

そばにいるだけで、押し潰されそうな圧倒的なエネルギーを感じる。

雷魔法？　いや、違う。

光魔法？　それでもない。

僕は一通りの魔法属性を使えるが、そのどれとも異なる気がする。

「無属性……？　魔力、そのもの……？」

「……」

ダークエルフは僕のつぶやきを無言で肯定した。

魔力というのは魔法の種火なのだが、非常に不安定ですぐに消えてしまうものだ。なので体外に放出する時は自然界の属性を付与することで、初めて安定した魔法としての体《てい》を成すと言われている。

しかし、彼女の場合はそんなことすら必要ないのだ。魔力容量が大きすぎて、それだけで成立させうる。圧倒的な魔力を有するとされるエルフの中でも突出した存在。純粋な魔力をぶつけるだけでも破壊的な力を示すことができる。

それが、かつて信仰の対象にもなったSクラスの伝説的エルフ。

「森に手を出した罰だ。消えろ」

「や、やめ……ぎゃあああああああっ！」

ダークエルフが右腕を振り、禍々しいほどの魔力の塊が冒険者に襲い掛かる。

断末魔のごとき悲鳴を太古の森に轟《とどろ》かせて、男は失神した。

光球は炸裂《さくれつ》していない。直前で消されたのだ。

「どうして魔力を消したんですか？」

白目を剝いて尿を垂れ流す男を前に、僕はダークエルフに尋ねた。

「こんなのをぶつけたら、森を破壊してしまうからな」

肩をすくめる褐色肌のエルフに、僕は身体を向ける。

「ところで約束ですが……」

「翡翠ウサギを救ってくれたことに関しては礼を言おう」

「じゃあ」

「だが、人間の仲間になるつもりはない」

きっぱりと断られた。

「え、約束が違う」

「先に約束を違えたのは人間のほうだ」

ダークエルフは瞳を細めて言った。

声は低く、重く、全てを凍らせるほどに冷たかった。

「どういうことでしょう？」

「なぜ私が森に身を潜めているのかわかるか」

「百年ほど前に皇帝令で討伐対象にされたという話は聞きました」

「エルフは森に生きる賢者。森の知恵を人々に授け、人々はその知恵を以て暮らしを豊かにし、森に恩恵をもたらす。そうやって互いに共栄していた」

ところが、とダークエルフは硬い声で続ける。

「皇帝令が出た直後、莫大な報酬に目がくらんだ人間共に山狩りに遭い、捕縛されてしまった。そんな勅令が出ていたことなど知らなかったからな。すっかり油断していた訳だ」

「……」

その後、脱出はできたものの、以降百年に亘《わた》って冒険者たちに追われる生活を余儀なくされることになる。長い長い、終わりなき逃避行だ。

「エルフの里では匿ってくれないんですか？」

「そんなことをすれば彼らに迷惑がかかる。それにエルフの中にも人間に与《くみ》する者はいる」

ダークエルフはゴーリオ兄弟を見下ろして言った。

「また人間に見つかってしまったか」

「エルザの森でのあなたの目撃情報が裏社会に流れていたようです」

「ここには少し長くいすぎたからな。元々潜伏場所を変える予定だった。さっさと行け。今回は見逃してやる」

そう言い放つと、ダークエルフは僕に背を向けて歩き始めた。

「待って下さい」

声をかけても、彼女は足を止めない。

僕はもう一度その背中に呼びかけた。

「要は人間は信用できないってことですよね」

「……そうだ」

「じゃあ、やっぱりあなたとは仲良くできると思います」

「……」

ダークエルフは少しだけ歩みを緩めた。僕は続けて口を開く。

「幸い僕も人間はあまり好きではないので」

「……ふん」

鼻を鳴らして遠ざかるダークエルフの背中に、僕は再び呼びかける。

「あなたの潜伏場所も用意できます。ハンターから逃げまわる生活から解放させます」

「……」

ようやく褐色肌のエルフは立ち止まった。

そして、冷たい怒りをはらんだ瞳を僕に向ける。

「私を畏怖《いふ》する者はわかる。敬う者もわかる。金に目がくらんだ者もわかる。だが、お前はそのどれでもない。一体、何が目的だ。どうしてそこまで私を仲間にしたがる」

「力を貸して欲しいんです。世の理に抗うために」

「世の理、だと？」

「詳しくは仲間になってくれたらお話しします」

ダークエルフは相変わらず硬質な態度で、薄い唇を開いた。

「変わった奴だな」

「よく言われます」

「お前は腹の底が読めない。そんな人間を信用しろと？」

「何を考えているかわからないともよく言われますが、この件に関しては、僕は本気です。なので、協力してもらえるなら、さっき言ったようにこちらもあなたが抱えている問題を解決すべく尽力します」

「口だけではなんとでも言える。そんな人間は山ほど見てきた」

もう一度踵《きびす》を返そうとするダークエルフに、僕は最後の提案をした。

「あなたの左腕の刻印をなんとかします」

「……っ！」

今度こそダークエルフは完全に僕のほうに向き直った。

驚きと、戸惑いと、ある種の畏《おそ》れの交じった顔で、彼女は声を落とす。

「なぜ……？」

「冒険者――人間を目にした時、妙に左腕を気にしている様子だったので。相手が隠しているものには時々敏感なんです」

『千里眼』――隠されたものを見つけやすくなる【隠者】の能力だ。

「あなたはSクラスの討伐対象として、一度人間に捕まっている。上位クラスの魔獣が生け捕りにされた場合、個体識別用の刻印がなされることが多いんです。だから、もしかしたらと思いました」

これは冒険者ギルドの勤務で得た知識だ。

「……」

ダークエルフはしばらくの沈黙の後、おもむろに左腕の腕輪を外した。

そこには複雑な形をした円形の刻印が、火傷の痕のように刻まれている。

「……当時、大陸一の魔術師と呼ばれた男が施した刻印だ。私の魔力を抑え込み、特殊な探知機に反応するような印が込められている。随分と強力な刻印で、腕を切り落とそうとしても不可視の力で跳ね返されてしまう」

魔法と魔術は少し異なる。

魔法は魔力に自然界の属性を付与してその場で発現する超自然的エネルギー。

魔術というのは複雑な手続きや誓約により、条件付きで特殊な効果を発揮する呪術装置。

リーシャの盟約は魔術の一種だ。

「探知機……じゃあ、今回の目撃情報は……」

「刻印が信号を発さないように、普段は魔力で無理やり抑え込んでいるが、稀に制御がうまくいかないことがある。高精度の探知機を持つ者がいて感知されたのかもしれないな」

刻印によって魔力を抑えられていながら、残った魔力で刻印の発動を抑え込む。

その状態でさっきの大きさの魔力弾を生成したのだから、とんでもない話である。

僕はダークエルフに一歩近づいた。

「これがある限り、あなたは囚われの身、という訳ですね」

「……」

銀の瞳の奥に昏《くら》い怒りが宿っている。

討伐対象に刻まれる印であり、つまりは人類の敵であることを表す刻印なのだ。

僕は彼女の腕にゆっくりと手をかざした。

「これを完全に消すことはまだ僕には難しいです」

「……なんだと?」

ぴりついた空気の中、「ですが——」と僕は続けた。

「おそらく【隠す】ことならできます」

手の平に熱を集め、対象を徐々に溶かしていくような、空気と馴染《なじ》ませていくようなイメージ。

リーシャの盟約を隠したように。まるで初めから何もなかったかのように。

かなり強固な刻印で、相応の時間がかかったが、僕がゆっくり手を離すと、そこには周りと同じ褐色の肌があるだけだった。

「……消え、た……？」

わずかにうわずった声でダークエルフは言った。

彼女が左手を持ち上げ、拳をぐっと握る。

巨大な魔力の波動で、前髪がふわりと浮いた。

「……」

声にならない声で、ダークエルフは僕を見つめる。

「いえ、さっきも言いましたが、完全に消えた訳ではありません。僕の力はあくまで隠すだけですし、持続時間にも限りはある」

今のところは刻印の力はある程度抑えられたと思うが、かなり強力な魔術のようなので、またいつ発現するかはわからない。

「ですから、その時のためにも僕のそばにいたほうがいいのではないでしょうか」

「……なに？」

ダークエルフは低い声で、僕を睨みつける。

「い、今何と言った？」

「いや、そばにいたほうがいいのでは――」

あれ？

向けられた視線は怖いが、なぜか頬が赤い。

「そ……それは求婚か」

「え？」

「求婚かと聞いている」

「そういう訳じゃ――」

「私は、人間は嫌いだ」

「あ、はい。同感です」

「だが、お前は……森を守り、百年に亘る私の呪いを解いてくれた。終わりのない孤独を、終わらせてくれた」

彼女は頰を染め、長い睫毛《まつげ》を伏せた。

「だから、お前のことは……いや、あなたのことは嫌いじゃない」

……あなた？

いつの間にか呼び方まで変わっている。

意を決したように、ダークエルフは顔を上げた。

「……いいだろう、約束通り捧《ささ》げよう。身も、心も、私の生涯全てを」

「いや、そこまでは……」

なんだか急に風向きが変わってきた気がする。

若干不穏な雰囲気もあるが、ダークエルフを仲間にするという目標は達成した訳だからこれでよかったのだろう。

僕はそう思うことにした。

「我が名はアイゼル。では、参ろうか。我が主人よ」

アイゼルと名乗ったダークエルフは意気揚々と言った。

主人、というのが仕える相手という意味なのか、はたまた別の意味を含んでいるのか、僕は敢えて尋ねないことにした。

その場を離れようと歩き始めた時、いまだ白目でのびているゴーリオ兄が目に入った。

「そういえば、我が主人よ。どうして息の根を止めなかった？」

アイゼルは僕がゴーリオ兄との戦闘中、最後の一撃で一刀両断にせず、敢えて剣の腹で打ち据えたことを言っているのだろう。実際のところ慈悲をかけようと思った訳ではなく、不殺主義のつもりもなく、正直切り捨てても特に問題はなかった。

僕は聖人君子などではなく、闇の執行人だ。

「では、なぜ？」

「いや、森をこんな輩の血で汚すのは君が嫌がるかなと思って」

「好き」

「え？」

よく聞こえなかったが、アイゼルは頬を染め、胸を両手で押さえている。

具合でも悪いのだろうか。

でも、なんとなく大丈夫そうなので、彼女を促してこの場を離れることにする。

――ただ……。

と、僕はふと足を止めた。

この冒険者には顔を見られているし、今後は潜伏場所を変えるとはいえ、ダークエルフの存在も認識されている。このままリスクを放置するのも得策とは言えない。

「……」

僕はしばし腕を組んで考え、アイゼルに顔を向けた。

「ちょっと試してみたいことがあるんだ。手伝ってくれます？」

＋＋＋

翌日の昼。

冒険者ギルドの倉庫で、昼食を摂っている僕にフェリシア先輩が尋ねた。

「テネスさん、昨日は伝説のダークエルフには会えたんですか？」

「ええ、おかげさまで」

「えっ、本当ですかっ。どんな感じですっ？」

「少し変わってるところもありますけど、とてもいい人でした」

「へー、すごい！　本当にいたんですね、ダークエルフ」

感心するフェリシア先輩の横で、ヒューミッドが言った。

「いやいや、嘘に決まってんだろ、フェリシアちゃん。簡単に乗せられちゃ駄目だって。つーか、テネス。お前ゴーリオ兄弟追っかけたんだよな。そいつらには会えたのかよ？」

「ええ、一応」

「なんか妙な様子じゃなかったか？」

「というと？」

　僕が聞き返すと、ヒューミッドは難しい顔をして首をひねった。

「それが、今朝になってエルザの森の管理組合からギルドに連絡が来てよ。ゴーリオ兄弟が立ち入り禁止区域で倒れているのが見つかったって。下二人は大怪我してて、兄貴もハチに刺されまくって大変だったらしいんだけど、そのせいか記憶が混乱してるらしくてよ。ダークエルフを探しに森に入ったまでは覚えてるんだが、その先を全く覚えてないらしいんだよ」

「へー」

　僕は頷きながら、自身の試みがうまくいったことを確認した。

　自分の存在感を薄くする『薄影』と同様に、触れたものを隠す『神隠し』の能力にも幾つか段階がある。

　触れているものを見えにくくするのが『神隠し』レベル一。

　リーシャの盟約や、アイゼルの刻印など、姿だけではなくそのものが持つ作用自体を隠してしまうのが『神隠し』レベル二。これらは対象が大きかったり、複雑なものほど時間がかかる。いずれも制限時間があるから使いどころが重要だ。

　そして、昨日試したのが記憶を隠す『神隠し』レベル三だ。

能力を発動する際に、相手の頭に直接触れていないといけないことや、記憶を隠せる範囲は触れていた時間に比例するなど使い勝手がいいものではないが、時と場合を選べば相手の頭から僕らの痕跡を消すことができる。持続時間は不明だが、能力の効果が切れた時には、記憶そのものも薄れていっているだろうから、今のところ有用だと考えている。

これで必要な準備は大方整った。

あと確認することは一つだけだ。

第六章　開かずの間

とぐろを巻いた炎が、空を赤々と焦がしていた。

家が、田畑が、まるで生き物のようにうねる紅蓮《ぐれん》の火炎に包まれて、荒々しく黒煙を吹き上げている。序列八位バルザック家の次期当主――【炎帝】イグナス・バルザックの率いる軍勢は、序列十位エクスロード家の治める領地の中腹まで軍を押し進めていた。

この場所からは都の城壁と、当主の住まう城を遠景に眺めることができる。

「どうして村を焼き尽くしたんすか？」

背丈ほどもある巨大な斧《おの》を背負った小柄な女が、先頭で馬に乗る赤髪を逆立てた男に言った。

「あぁ？　なんだウィニー？　俺のやることにケチつけんのか？」

「ケチっていうか、確認っす。村はもうモヌケの空じゃないっすか」

「ああ、そうだな。腰抜け共がよ」

【炎帝】はつまらなそうに舌打ちをする。進軍の一報は既に敵の領内に伝わっているらしく、行く先々の村や町では既に領民が避難しているようだった。

「慌てて逃げ出したみたいで、食糧とか色んな物資が残ったままじゃないっすか」

「くはは、俺様に恐れをなした訳だな」

「うちの軍は勢いだけでここまで来たので、物資を満足に準備してきてないっす。町や村に残った食糧をそのまま頂戴すれば、うちの軍の物資になったのに。イグナス様が全部燃やしちゃうから、もうかつかつっす」

このまま州都に攻め込んでも、籠城されたら厳しくなる。

「言われてみりゃ、そうかもしれねえなぁ」

側近の言葉に、しかし、【炎帝】はにぃと笑って返した。

「でもよ、燃やしたほうが派手だろうが。そっちのほうが神さんにもよく見えるだろ。俺ぁ、間違ってるか?」

「……いや、間違ってないっす」

ウィニーと呼ばれた側近は、ゆっくりと首を振った。

通常なら悪手かもしれないが、これはノヴァリウス神皇国の次期皇帝を決める継承戦。

大陸の覇権を巡る争いなのだ。

序列八位という下位の家柄が、頂点に立とうとするなら普通のやり方では駄目だ。

頭のネジが二、三本飛んでいること、何をしてくるのかわからない奴だと相手に思わせなければならない。

そういう意味では、わが領の次期当主はまさに適任だ、とウィニーは考える。

「この炎と煙は開戦の狼煙《のろし》だ。大陸中に向けたたな」

【炎帝】はエクスロードの城郭を見上げながら、口角を上げた。

「早速城に使者を出せ。宝玉を差し出すか、領民の命を差し出すか、選べってな」

＋＋＋

「エクスロード家が降伏した」

地下アジト。書庫の隣にある僕の書斎で、執務机の端に腰を下ろしたミリーが開口一番言った。

「降伏……ということは」

「宝玉を渡したってことさ」

宝玉は、十貴将の証となる特殊な魔石で、保有者の意思がなければ譲渡はできないと言われる。初代皇帝が神から授かったとされる特殊な魔道具だ。

つまり、序列十位のエクスロード家は明確に負けを認めたということだ。

実際、バルザック家は側近たちや軍隊をエクスロード家の城に駐在させ、実質支配下に置いているらしい。これで継承戦は局地的な小競り合いから、勝者と敗者が線引きされた状態に移行したことになる。

つまりは、戦局が一歩進んだということだ。

パワーバランスの変化を前に、他の十貴将もただ静観しているだけとはいかなくなるだろう。

「思ったより早かったな……」

僕は机に肘をついて唸《うな》った。

様々な想定はしていたが、八位と十位では資源や資産、人的リソースにはそれほど大差がない。局面がはっきりするまでにはもう少し時間がかかると思っていた。普通は押したり引いたりを繰り返しながら、しばらく膠着《こうちゃく》状態が続き、そこから外交の出番が来るはずだ。

なので、逆に言うと、これだけ早く決着がついたのは個人の要因によるところが大きいだろう。

「【炎帝】イグナス・バルザック、か」

それこそ野原に落とした火種が一瞬で燃え広がるように、一直線に相手の喉元に攻め入ってしまった。

僕の目の前で、机に座ったミリーの尻尾が左右に揺れる。

「で、どうする、テネス？」

「本音を言うと、もう少し静観したいけど……」

今回の【炎帝】の動向は、他の十貴将も摑《つか》んでいるはずだ。

八位は神から与えられた宝玉を勝手に奪った。つまり、他の十貴将には八位の領地に攻め入る大義名分がある。悪戯をした弟を兄が叱るように、序列上位の貴族たちがこぞってバルザック家を潰してくれれば労せず【炎帝】の脅威を排除できる。

「でも、そうはいかない、ってか」

「残念ながら……」

ミリーの言葉に、僕は同調して肩をすくめる。

序列八位のバルザック家は、最初に序列十位のエクスロード家を狙った。距離的に近いのもあるし、腕試しという意味もあるだろうし、いずれ上位の貴族と相対する前に余計な憂いをなくしておく狙いもあるのだろう。

「そして、順番で言えば、十位を潰せば、おそらく次の狙いは九位のルメール家だ」

しかも、【炎帝】は一度動き出せば、とにかく行動が早い。

燃え盛る炎の矛先が、ルメール家に向くのも時間の問題だろう。

つまり悠長に事態を見守っているほどの余裕はない。

「ところで、聞いてもいいか、テネス？」

「どうぞ」

ミリーは机の端から滑り降りて、くいと顎を持ち上げる。

「こいつ……誰？」

そこには壁に背中を預けて、腕を組んでいるダークエルフがいた。

「彼女はダークエルフのアイゼルさんです」

「ダークエルフってのは見たらなんとなくわかったけどさ……確か討伐ランクSクラスの化け物だよな？　なんでそんな伝説みたいな生き物が普通にここにいるんだ？」

「まあ色々あって仲間になってくれたんだ」

「色々あっても仲間になるような存在じゃないだろっ？　っていうか本当に実在してたのかってレベルだぜ。ほんと面白え奴だよな、テネス」

【剣姫】リーシャロッテ。

【盗賊王】ミリー・ルル。

【ダークエルフ】アイゼル。

いつの間にか結構な伝説級人材がこのアジトに揃《そろ》っている。

しかも、リーシャは盟約により地下に閉じ込められ、ミリーは神託の石板を破壊しようとして監獄に幽閉され、アイゼルは神の怒りに触れて人類の敵になった。

誰もが大手を振って太陽の下を歩いてこなかったところが、またいい。

日陰者として生まれ育った僕にぴったりではないか。

我ながらなかなかいいチームができたものだ。

僕の感慨をよそに、アイゼルは腕を組んだまま、ぎろりとミリーを睨《にら》んだ。

「貴様こそ我が主人のなんだ？　私は主人に生涯を捧《ささ》げると誓ったのだが、貴様にその覚悟はあるのか？」

「あれ、こいつちょっとやばい奴か、テネス」

「あはは、やばいのは全員だよ」

「まあそうだよな……って、おい」

ミリーはこういう時にしっかりのってくれる。アイゼルは浅く息を吐いた。

「まさか我が主人が一夫多妻制をしいていたとはな」

「いや、一夫でも多妻でもないけど？」

「まあいい。英雄色を好む。私は構わんぞ。我が主人たる者、そのくらいの器でなくてはな。ただ正妻の座は渡さんがな」

「ご主人様のお世話は私の仕事です。そこはお忘れなく」

ドアの前に直立しているメイド姿のリーシャが冷たい声で言った。

ぴしっと書斎の空気が軋《きし》む。

【剣姫】対【ダークエルフ】。

強大な圧力が室内に充満し、壁に細い亀裂が入った。

いいチームだと思ったけど、勘違いだったかもしれない。

「わふ」

扉の隙間から、灰色の毛並みをした子犬のような生き物がひょこひょこと現れる。

「いけない。プリルのミルクを忘れていました」

リーシャがぽんと手を叩《たた》いて書斎を出た。

「ほう、ブラックフェンリルの赤子か。赤子はどんな種族でも可愛いものだな。大人になると黒い炎で世界を焼き尽くすと言われているが」

アイゼルも不穏なことを言って口元を綻ばせる。

書斎の空気が途端に弛緩《しかん》し、ほんわかした雰囲気に包まれた。

子はかすがい、とはよく言ったものだ。

そんな中、ミリーだけが呆《あき》れた調子でつぶやいた。

「いや、ブラックフェンリルが癒し役になってる時点で、やっぱやばいだろ……？」

その後、僕たちは列になって地下墓地の細い通路を移動していた。

円形のホールを中心に、蜘蛛《くも》の巣状に張り巡らされた石の廊下を右へ左へと進んでいく。天井に埋め込まれた魔石がぼんやりとした明かりを注ぎ、四人と一匹の足音が壁に反響した。

「開かずの間、ですか」

先頭のリーシャが顎に人差し指を当てて言った。

「うん、前に言ってたよね。百年以上ここに住んでいるリーシャもまだ入ったことのない部屋があるって」

継承戦が間近に迫る中、これまでは組織体制の拡充に重点を置いていたが、ルメール家の先祖であり、先代の【隠者】が作り上げたこの地下迷宮のこともう少し知っておこうと僕は考えていた。

「はい、私の力でも開かない扉があります」

首肯しながら、リーシャは僕を振り向く。

「とはいえ、入れない部屋があろうとも、生活には困りませんよ」

「まあ、そうだろうね」

正直、辺鄙《へんぴ》な山奥の墓の下という立地の不穏さと不便さを除けば、このアジトは異様に快適だ。

書庫。ベッドルーム。キッチン。食堂。トイレは勿論《もちろん》、地下水を引いた浴場も僕が知っているだけで五つある。遊戯室もあるし、プールもあるし、運動不足を解消するための屋内運動場から、微量な太陽光を増幅させて注ぐ広大な畑まで用意されている。

リーシャ一人ではメンテナンスが追い付かず、今すぐには使用できないものも多いが、設備だけでいえば引きこもりの楽園といっても過言ではない。

「っていうか、自分とメイドだけが住むのになんでこんなどでかい箱がいるんだ？」

ミリーが辺りを見渡しながら、両手を頭の後ろにまわして言う。

「やっぱり侵入者が出た時に、まとまって襲ってこられないようにとか、迷わせるようにってことか？」

「いえ、いずれは機巧生命《きこうせいめい》を沢山作って、酒池肉林の巨大地下ハーレムを作り上げ、めくるめく快楽に溺れまくるのが俺の夢なんだと、先代はきらきらした瞳でおっしゃっておりました。実現しませんでしたが」

「聞いたあたしが悪かったよ……」

リーシャは僕に視線を移した。

「それで、ご主人様はどうして開かずの間に興味を？」

「うん、ここには何だって揃っている。その気になれば何年だって引きこもれるだけの設備が揃っている」

「はい」

「でも、リーシャの話を聞いていて、本来あるはずのものがまだ見つかっていないことに気づいたんだ」

「あるはずのもの……？」

説明をしようとした時、ちょうど開かずの間の扉の前に僕らは辿《たど》り着いた。

無骨な金属の扉で、一見すると他の部屋と変わりないように見える。

「こちらですが、なかなか開かないのです」

リーシャがぐっと押す動作をするが、扉は少しも動かない。

途轍《とてつ》もない力がかかっているようで、むしろ周りの壁がみしみしと軋み始めている。

しかし、それでも開く様子はない。

「ちょっとあたしにやらせてくれよ」

今度はミリーが前に出て、扉をあちこち調べ始めた。表面に耳をつけたり、わずかな隙間に針のようなものを差し込んだりしていたが、やがてわしゃわしゃと頭を掻《か》きむしった。

「駄目だ。あたしに開けられない扉はないはずなのに。そもそも鍵穴すらないし、どうなってんだこれ」

「次は私だな」

最後にアイゼルが進み出て、扉に右手を当てる。

しばらく目を閉じた後、右腕を添えたまま口を開いた。

「ふむ……かなり複雑な術式が組み込まれているな」

「わかるの?」

「わかる、が、解除できるかは別問題だな。どれ――」

次の瞬間、耳をつんざく爆発音と巨大な衝撃波が通路を駆け抜けた。

魔力の波動が大気を震わせ、身体ごと吹き飛ばされそうになる。

振動で足元が揺れ、天井からぱらぱらと石の破片が落ちてきた。

ようやく煙が晴れると、アイゼルがさっきと同じ姿勢のまま扉の前に佇《たたず》み、涼しい顔で言った。

「ひとまず扉の耐久性を超える衝撃を魔力で与えたが、やはり特殊な結界で守られているな」

「いきなり何すんだ、殺す気かっ」

「野良エルフには行儀作法を一から教えねばならないようですね」

殺気立つミリーとリーシャに、アイゼルは真剣な表情を向けた。

「案ずるな。我が主人は私が守る」

「おい、結構やばいぞ、こいつ」

「言葉が通じない輩でしたか」

うん、ようやく打ち解けてき……てない。だが、少なくともミリーとリーシャの絆《きずな》は強まった気がする。

僕は戦闘状態に移行しつつある三人の間に身体を滑り込ませた。

「僕も試していいかな」

「ですが……」

「大丈夫。多分開くよ」

「え?」

小首を傾げるリーシャに、僕は笑いかける。

彼女たちの取り組みを見て、元々持っていた仮説がより強固になった。

手の平を扉に添えると、やがてその表面がうっすらと輝き始める。光の筋が幾何学模様を描き、扉はゆっくりと奥へと開いた。

ぽっかりと空いた暗闇を見て、三人の仲間がぽかんと口を開ける。

「本当に、開きました……」

「ひゅうっ。やるな、テネス」

「我が主人なら当然だ」

「わふ」

僕は足を前に進めながら皆を振り返る。

「開かずの間。誰が何をやっても開かない。でも、先代はここに入っていたはず。ということは多分、【隠者】じゃないと開かない機構があったということだよ」

一歩、二歩、暗闇の中へと入っていくと、薄い明かりがぼんやりと辺りを照らした。

机。棚。散らかった書類。幾つもの分厚い本。ガラス器具。よくわからない謎の装置。

無機質な空間に、物が雑然と散らばっており、床には奇妙な魔法陣のようなものが幾つも描かれている。

後ろのミリーが不思議そうに辺りを見回した。

「それでテネス。ここはなんなんだ？」

「さっき話していたものだと思うよ。今までには見つかっていないけど、ここに本来あるはずのもの」

「我が主人よ。それは一体……」

「研究室だよ」

僕は再び三人を振り返って言った。

【隠者】となり、神に見捨てられし者の汚名を背負ってルメール家から排除された先代。

彼はリーシャという過去に成功例のない機巧生命を作り上げている。それには膨大な研究と実験が必要だったはずだ。

必ずどこかに研究室があると思っていたが、やはり予想通りだった。

僕は散らばった書類の一枚を手に取った。走り書きを眺めただけでも、そこらの上級魔導書程度では全く太刀打ちできない難解な魔法理論が記されていることがわかる。解読だけでも相当な労力がかかりそうだ。

「……」

次に戸棚を開けると、中に黒いローブと仮面が幾つも置いてある。

「リーシャ、これって……」

「そういえば、先代も時々こういう格好をして出かけておりました」

おそらく姿を隠すためのものだ。というか、黒いローブは以前に寝室で見つけて、アルバロス監獄に持っていったものと同じである。特殊な素材をしているようで、羽根のように軽い上に、耐久性にも優れている。しかも、使って気づいたのだが、これを身に着けると他者からの認識が曖昧になり、正体が掴まれにくくなるようだ。おそらく魔導具だろう。

先代も暗躍していたのだろうか。

「いいね。これからも使わせてもらおう」

「おい、テネス。あっちに絵があるぜ」

次にミリーに言われて部屋の奥を見ると、壁には幾つもの絵画が立て掛けてあった。

保存状態がいいのか、山や花などの自然物や、城や街などの人工物が、豊かな色彩で描かれている。

ただ、一番端の絵だけはなぜか真っ黒に塗り潰されていた。

「絵か……」

僕も城にいた時は、気晴らしによく描いていた。ここの先代とはやはり気が合いそうだ。

「夜はしばらくここにこもるよ」

「ベッドと夜食の手配をします」

リーシャはそう応じた後、少し不安そうに言った。

「その……ここは先代の研究室ですよね？　もしかして、ご主人様は他にも機巧生命を作られるおつもりですか？」

「リーシャは嫌？」

「ご主人様が決めたことに、私が口を出す訳には参りません」

「素直な感想を言ってもいいんだよ。君を縛る盟約は今消えているし」

「は、はい」

腕を身体の前で絡ませて、リーシャは言った。

「その……私の代わりができるのは、あまり……愉快、ではないです」

わずかにうつむくリーシャに、僕は笑いかける。

「大丈夫、そのつもりはないよ。これだけの施設を作り上げた先代が、心血を注いでも君という成功例しか作り出せなかった。今から後追いで研究しても時間がかかりすぎるし、うまくいく保証もない」

「そう、ですか。では、どうしてここにこもることに？」

安堵《あんど》の息を吐いたリーシャ。ミリーが研究室を見渡して言葉をかぶせる。

「そうだぜ、テネス。バルザックがルメールを攻めるまであまり時間はないんだろ？」

「時間がないからこそだよ」

僕は乱雑に棚に置かれた本を数冊取り出し、ぱらぱらとめくった。

「先代はここで機巧生命を研究していた。でも、本当にそれだけだろうか」

「……？」

「とりあえず解読を進めないとね。アイゼル、手伝ってくれる？」

「喜んで」

ダークエルフのアイゼルが恭しく頭を下げた後、少し照れた様子で言った。

「し、しかし、私は長く生きている割に経験が少ないのだ。最初は優しく手ほどきを……」

「おい、こいつやっぱやばいぞ」

「至急、強制排除を検討しましょう」

「ほう、やってみるがいい」

身を切るような殺気と膨大な魔力がぶつかって渦を巻く。

僕は再び殺気立つ三人の間に入った。

「ちょっと待とうか。手伝ってもらうのは研究のほうだよ、アイゼル」

「そ、そうか」

しゅんとして肩を落としたアイゼルに、僕は抱えた本を渡す。

「早速始めよう。アイゼルは僕と一緒に先代の研究成果の解読を。リーシャは遠征の準備を。そして、ミリーはバルザック家の動向調査を。【炎帝】が動くまでに多分あまり時間はない」

僕らは全員ある種の引きこもりだ。

この世界の端っこで、光の届かぬ薄闇の中に住まう者。

しかし、だからこそできることがある。

そして、実際【炎帝】からの使者がルメール城にやってきたのは、その数日後だった。

+++

——選べ。

――降伏か。

――さもなくば死か。


使者が届けた【炎帝】の書簡には、そんな単純な文章が記されているだけだった。

しかし、その簡素な三行に、ルメール家の重臣たちはおおわらわになっていた。

「序列が一つ上というだけで、この傲岸不遜《ごうがんふそん》な態度。目に物を見せてくれる」

「だが、戦力は侮れんぞ。エクスロード領をあっという間に侵略し掌握してしまった」

「怖気づくか。『神託』が出た時から、いつか抗争が起こることはわかっていただろう」

「とはいえ、大陸統一以降、我々は長い平和に染まりすぎた。実戦経験には不安が残る」

「では、易々と宝玉と支配権をバルザックに渡すというのか」

「そうは言っておらん。敢えて主権をとらせて寝首をかくという手法もあるだろう」

「結論を急ぐ必要はない。ここは慎重に討議を重ねてだな――」

城の広間では、連日連夜の会議が開かれていたが、時に勇猛な、時に及び腰な言葉が空虚に空中を飛び交うだけで一向に結論らしい結論が出ない。

「閣下。いかが致しましょう」

「……」

領主ダグラス・ルメールは、無言で次期当主であるフィオナに視線を向けた。

継承戦においてルメール家を背負って立つ存在。

フィオナは椅子から腰を上げて、家臣たちを見回して言った。

「根を詰めすぎてはよい案も生まれません。一時間ほど休憩にしましょう」

その言葉で室内の緊迫した空気がやや弛緩し、一同がばらばらと部屋を出ていく。

自室に戻ったフィオナに侍女がお茶を差し出して言った。

「会議はいかがでしたか？」

「全然駄目。あっちにいったりこっちにいったり。意見がまとまる気配がないわ」

「何の会議か存じ上げませんが、あまりご無理をされないよう」

「ありがとう。そうするわ」

フィオナは微笑んで湯気の立つお茶に口をつける。

しかし、実際は無理をしない訳にもいかない。

バルザック家からの親書は、実質ただの脅迫状だ。重臣クラスしか知らされていないが、選択を間違えれば自分たちだけではなく、隣にいる侍女も、領地の民も、一斉に燃え盛る戦火に巻き込まれてしまうのだ。その中には、自らが追放した血を分けた弟もいる――

「どうされました、フィオナ様？」

「ああ、いえ……」

フィオナはカップを手にしたまま、窓に映る自分の姿を見つめる。

既に外は暗く、漆黒の夜が世界を覆っていた。

「私、紛糾する会議を眺めながら考えてたの。こういう時、あの子だったらどうするだろうって」

「テネス様ですか？」

侍女は少し驚いたように言った。

「失礼ながら、テネス様はあまり他者との交流が得意ではなさそうでしたし、会議をまとめられるような器では……」

「そんなの私だってそうよ」

城の重臣たちが自分の言うことを聞くのは、次期当主という立場があること、それに【聖女】というレアなジョブを得たからだ。いわば肩書きに従っているだけで、誰もフィオナ・ルメールという十六歳の小娘の中身など見ていないのだ。

今後、継承戦を進めていくに当たって、敵は城外だけにいる訳ではない。

それを忘れないようにしなければならない。

「確かにテネスは人間嫌いだし、妙な感じにひねくれてるし、引きこもりだし、虚弱体質だし、姉の私から見ても色々心配だけど――」

フィオナはカップをテーブルに置いて続けた。

「あの子はいつも冷静よ」

「フィオナ様……」

「あの子がそんな風になったのは、育ちのせいだし、その責任は私にもある」

「そんなことを言うものでは――」

「でも、ふと思ったの。もし逆の立場だったら、私はあんな風に飄々《ひょうひょう》としていられただろうかって。

テネスは己の不遇を嘆くでもなく、恨むでもなく、自分の置かれている立場を極めて客観的に捉えることができていた。なんだかそんな気がするの」

敵意。悪意。無関心。生まれながらにして、負の感情ばかりを向けられ続け、檻《おり》のような小部屋にたった一人閉じ込められながら、同時に城で起こる様々な出来事を冷静に俯瞰《ふかん》しているような不思議な感覚があった。

「今だって、どこかでテネスが見ているような気がするもの」

「何をおっしゃっているんですか」

「そんなはずないのは、わかってるわよ……」

実際、冒険者ギルド本部を通してそれとなく弟の様子を確認しているが、時々早退したり、早くも結構な有休を使ったりしつつも、基本的にはちゃんと出勤して働いているらしい。用意した住居を勝手に解約してどこかに引っ越してしまったらしいことだけは気になるが、自立はむしろ喜ぶべきことではある。

今頃はきっと敵のいない自分だけの城で、穏やかな眠りについている頃だろう。

ようやく弟が手に入れたささやかな日常を守るためにも、姉としてここは踏ん張らなければならない。

再開した会議の冒頭で、フィオナは宣言した。

「降伏はしません」

途端に家臣たちがざわめき始める。

開戦派の清々しい表情と、保守派の苦々しい顔を見渡して、フィオナは続けた。

「開戦もしません」

今度は両陣営ともが渋い反応を見せる。

父親の顔を一瞬見た後、フィオナは言った。

「私はイグナス・バルザックに話し合いを提案しようと思います」

「話し合い？」

「フィオナ様、それはしかし――」

家臣たちはそんなことは不可能とばかりに鼻白んだ様子だ。無言の抗議に気圧されないよう、フィオナは口調をわずかに強める。

「序列十位のエクスロード家の状況を見ても、甘い考えなのはわかっています。しかし、支配されず、かつ民を戦火に巻き込まない手段が最善なのは間違いないでしょう。それに反論がある者は？」

手は挙がらない。こういう言い方であれば、反対意見を出しようがない。

しかし、問題はそれが現実的か否かだ。

フィオナは大きく息を吸って、会議を半ば無理やり締めくくった。

「イグナスは知らない仲ではないし、とにかく一度話し合ってみようと思います」

我々は不毛な争いは望まない。

互いの領地の境界付近に、古い砦《とりで》が建っている。

来る五月の十六日。少人数の供だけを連れて、話し合いに来られたし。

そんな内容をしたためた書簡をフィオナが作成し、会議は閉幕となった。

「……よいのか」

父は肯定も否定も示さず、その一言だけを口にした。

「お父様。イグナスの性格を考慮しても、正直、分は悪いと思っています。しかし、ここで私たちが武器を取れば、戦火は大陸中に飛び火するでしょう。かといって、降伏を選べば、バルザック家の次の矛先は他家に向かうだけ。問題の先送りにしかなりません」

十位のエクスロード家は、領民を戦火から守るために降伏を選んだ。

それは苦渋の決断だっただろうし、ある種の勇気のある判断だったと思うが、戦線が移り変わるだけで問題の根本が解決する訳でもない。どこかで火花が弾ければ、それは必ずいつかルメール領にも辿り着く。結局、行きつく先は最後の一人になるまでの椅子の奪い合いだ。

「私の理想は、話し合いによる問題の解決です」

勿論、綺麗《きれい》ごとだけで済まないことはわかっている。

自軍が血を流す覚悟も必要だ。

「いざとなれば戦闘は避けられないでしょう。ですが、別の手段が取れる可能性があるのなら、先にそっちを追求したいのです」

「……」

父は何も言わなかった。

陰影のある表情は、納得しているようにも見えるし、どこか失望しているようにも見える。

昔から何を考えているのかわかりにくい人ではあった。

それは弟のテネスにも言えることであり、奇しくもそういう掴みどころのなさが、二人が親子であることを感じさせる数少ない要素の一つであった。

【炎帝】への返書はフィオナの部屋に保管し、明日使者の手で送り届けられる予定だ。

自室の窓から、街の夜景をしばらく眺めた後、机に置いた手紙をもう一度確認し、フィオナは眠りについた。

カーテンの裾がわずかに揺れたのは、フィオナがすっかり寝入った後だった。

「……」

足音もなくベッドに近づいたテネスは、姉の寝顔を無言で見つめる。

自分がここを追放される前と比べると、少しやせている気がした。

この華奢《きゃしゃ》な両肩に多くのものを背負っているのだから、当然なのかもしれない。

「――せめて今はよい夢を。姉さん」

テネスはそうつぶやくと、机に置かれた手紙に、おもむろに右手をかざした。

＋＋＋

序列八位バルザック家の領地はルメール領の南側に位置している。

過度な華美さを好まず、機能性を重視した堅牢《けんろう》な城の一室に【炎帝】はいた。

そこに身長ほどの斧を背負った小柄な女が顔を出し、右手につまんだ封筒をぴらぴらと振って主に声をかける。

「イグナス様。ルメール側から返書が来たっす」

「おう、ウィニー」

「って、なんで逆立ちしてるっすか」

「俺ぁ、馬鹿だからよ。頭に血が巡ってねえって昔からよく言われてた。だが、継承戦を勝ち抜くにゃあ知恵も必要だろ？　逆立ちすりゃあ頭に血が巡って賢くなるだろうがよ」

「まじで血が巡ってないっすね」

側近の突っ込みに、【炎帝】は逆立ちしたまま舌打ちする。

「で、あいつらなんつってる？　降伏か？　それとも戦って灰になるか？」

「ええと」

「待て。せっかくだ、血の巡った頭で当ててやるよ」

頭頂部を支えに器用にバランスを取りながら、イグナスは腕を組んだ。

「ルメールの娘にゃあ、ガキの頃に何度か会ったことがある。面もいいし、頭に血も巡ってそうだが、殴り合うタイプじゃねえ。どうせ降伏だろ。十位の腰抜けと一緒だ」

「違うっす」

「違うのかよ」

【炎帝】はもう一度舌打ちをして、逆立ちを解いた。

「どうなってんだよ。逆立ちしても全然賢くならねえじゃねえか」

「もう手遅れっす。でも、それがいいんす」

「訳わかんねえ。ルメールは戦争を選んだってことか、それはそれで面白えがよ」

「それも違うっす」

「あぁ？」

　ウィニーは主に向かって、手紙を広げて見せた。

「話し合いを要求してるっす」

「話し合い……って何だ？」

「拳ではなく、言葉で語り合おうってことっす。領地の境に、古い砦があるでしょう。互いに少人数の供だけを連れて、腹を割って話そうって書いてるっす」

「……」

【炎帝】はしばらく無言でいた後、溜《た》め息をついてゆっくりと立ち上がる。

「一番つまんねー答えだな、おい。軍を用意しろ。ルメールを潰しに行くぞ」

「話し合いはどうするんすか？」

「俺ぁ馬鹿だからよ。拳以外で語り合う術を知らねえんだよ。俺を黙らせたきゃ、言葉じゃなく拳を使えと返しておけ」

　イグナスが握った拳から、紅蓮の炎がぼうと噴き出した。灼熱《しゃくねつ》の飛沫《しぶき》が火の粉となって辺りに飛び散る。それはまるで戦火の拡大を示唆するかのように、絨毯《じゅうたん》に焦げ跡を残して広がっていった。

ウィニーはそれを眺めながら、うっすらと口の端を上げる。

序列十位のエクスロード家の末路を知っていれば、ここで話し合いなんていう馬鹿正直な手段を本当にとるとは考えにくい。相手にも何か企みがあるはずだ。

生憎うちのボスはそんな駆け引きに惑わされたりはしない。

障壁は燃やし尽くして、ただ前に進むのみ。

【炎帝】はぽきぽきと指を鳴らして言った。

「話し合いの場所とやらに、軍を連れて攻め込んでやるよ。それでも悠長に話し合いとやらができるもんならな。日程はいつだ？」

ウィニーは手紙をもう一度眺めて答えた。

「五月の、十五日っす」

＋＋＋

「日付を一日早く書き換えた？」

アジトに戻った僕は、書斎でことのあらましを皆に説明した。

「どういうことだよ、テネス」

ミリーが執務机の端に腰を下ろして尋ねてくる。尻尾がいつものように左右にゆっくり揺れていた。ここが彼女の定位置になっているようだ。

「そのままの意味だよ。【炎帝】向けの封書が姉の机に置いてあったから、五月の十六日と書かれた文字を【隠した】んだ。それで一日早い日付を上書きして改めて封をした」

「いや、そういうことじゃなくてさ。あたしが聞きたいのは何のためにそんなことしたのかってこと」

「そうすれば、待ち合わせ場所に一日早く【炎帝】がやってくるからね」

「そうだろうけど、テネスの姉ちゃんは十六日に来るんだろ？　相手だけを一日早く来させて一体──」

そこでミリーは言葉を止めた。何かを察したように、額に手を当てる。

「……まじかよ。迎え撃つってことか」

僕は首を縦に振った。

「これまでミリーが集めた情報から考えるに、【炎帝】は素直に話し合いに応じる人物じゃない。おそらく威嚇《いかく》の意味も込めて軍隊を引き連れてくるはず。僕らの目標はバルザック軍の殲滅《せんめつ》。【炎帝】を無力化し、話し合いの席につかせることだ」

「いやいやいや、敵が何人いると思ってんだよ」

「今回の相手の目的は全面戦争というより威嚇だし、兵士の食糧確保も考慮すると、一度に動かせるのは千人に満たないと思うよ」

「こっちはたった四人だぞ⁉」

ミリーはドア付近に直立するメイドと、壁に背を預けて腕を組むダークエルフに目を向けた。

「おい、あんたらもなんとか言ってくれよ」

懇願にも似た口調のミリーに、リーシャとアイゼルは同時に首を傾げる。

「何か問題が？　ご主人様のご命令とあらば、私は千人でも万人でも斬り伏せます」

「夫の求めに応じるのが、妻の務めだが？」

「駄目だ、こいつら。他にまともな奴はいないのかよ」

「あはは、ここにまともな人なんていないですよ」

「わかってるよっ」

ミリーは肩をすくめて、大きく溜め息をついた。

「とんでもない奴とダチになっちまったもんだ。なあ？」

机の脚元で丸まっているプリルを抱き上げ、ミリーは頭を撫《な》でる。

そして、顔を上げた時には、もう表情が変わっていた。

「……で、あたしは何すりゃいい？」

「みんな話が早くて助かるよ」

僕はうっすら微笑んで、それぞれのメンバーに考えていた仕事を割り振る。

「じゃあ、そういうことで」

「ちょっと待てよ、テネス」

「え、何か？」

ミリーに尋ねると、彼女は机の上であぐらをかいて言った。

「あたしらの初陣だろ？　リーダーの士気高揚の一言ってやつが必要だと思うぜ」

「え……？」

見ると、リーシャとアイゼルも何かを待っているような、同じ顔をしている。今回は留守番予定のプリルまでなぜか似たような表情ではっはっと息を吐いていた。

「ええと……」

僕はぽりぽりと頬を掻く。

「僕は……人間嫌いの引きこもり気質で、昔から目立つのが苦手です。だけど、ここにいるのは機巧生命のリーシャと、獣人のミリーと、ダークエルフのアイゼルと、ブラックフェンリルのプリルなので、おかげでストレスを感じずに過ごすことができています。こんな僕の我が儘《まま》に付き合ってくれてありがとう」

「どういう挨拶だよ」

ミリーは苦笑した後、執務机から滑り降りた。

「テネスはあたしを監獄から出してくれただろ」

「ご主人様は、私を盟約から解き放ってくれました」

「我が主人は、私を刻印から自由にしてくれた」

「わふっ！」

三人と一匹の真っすぐな視線を受けて、僕は言った。

「僕らは神に見放されし者。光届かぬ地底に住まう闇の眷属《けんぞく》。だからこそ、できることがある。さあ、陰から変えよう」

継承戦の行く末を。

神のシナリオを。

世界の理を。

僕のそんな言葉を最後に、その場にいた面子は音もなく散っていった。

第七章　静かなる激突

「おい、ウィニー。砦《とりで》ってのはあれか？」

「おそらくそうっす」

神皇歴八百二十六年、五月十五日。

【炎帝】イグナス・バルザック率いる軍は、ルメール領との州境にたどり着いていた。

視界の先にあるのは、新緑の繁る山々。

その頂上付近に、随分と古めかしい砦が屹立《きつりつ》している。

ノヴァリウス神皇国には皇帝の住む帝都と、十貴将がそれぞれ管轄する十の州があるが、各州の間にはどこの州にも属さない緩衝地帯のような地域が散在している。多くは山や森、川などの開拓が困難な土地で、ルメール家が指定した砦が位置するのもそんな場所の一つだった。

「なんであんなとこに砦があんだ？　ルメールの見張り場か？」

「一応あそこはどっちの領地でもない場所っす。場所が辺鄙《へんぴ》なので、使い勝手が悪くて放置されたままっすよ。神皇国の大陸統一前にあった国の遺物と言われてるっす」

「ほお……なるほどな」

【炎帝】は腕を組んで、側近に目をやった。

「で、遺物ってなんだ」

「気にしないでいいっす」

ウィニーは呆《あき》れた口調で突っ込む。

「ま、いいや。んじゃ、行くか。準備はいいか、てめえら」

【炎帝】の掛け声に合わせて、後方から「うおぉぉ」と野太い声が上がった。

「手紙には数人の供だけで来いって書いてあったっす。こんなところで大声出したら、モロバレっすよ?」

「いいんだよ。そっちのほうが目立つだろうが」

「いいっすけど。本当に目立つの好きっすね」

「当たり前だ。生まれたからにゃあ、目立ってなんぼだろうが」

引き連れてきた兵は約七百名。

十分な数とは言えないが、百名いるイグナス直属の精鋭部隊を中心に、血の気の多い連中が揃《そろ》っている。砦の攻防次第では、そのまま州都まで攻め込んで宝玉をかっさらうつもりだった。

——でも、動きがない。

ウィニーは砦を訝《いぶか》しげに見上げた。

軍隊で圧をかければ、何かしら反応があるかと思ったが、砦はまるで無人のように風化した状態でただそこに佇《たたず》んでいるだけだ。先に砦に入って待ち受けていると思ったが、まさかまだ相手方は到着していないのだろうか。

そんなはずはない、とウィニーは首を横に振る。

正面からぶつかれば、序列が下のルメール家のほうが分は悪いはず。だから、話し合いという名目にして、砦に兵を潜ませ、こっちの隙を狙うのが敵の戦略と考えていた。

だが、うちのボスはそんな小細工には惑わされず、軍を連れて正面から挑んだ。

深くは考えていないだろうが、相変わらず勘がいい。

ルメール家も軍隊は保有しているが、主に自衛のための軍で、実戦経験も少ないと聞く。奇襲部隊などの特別な組織が存在しているという噂《うわさ》も聞いたことがなく、物量でしっかり押せば必ずいつかは勝てる相手だ。

問題は時間だけ。

手こずれば他の十貴将が出てくる可能性が高まる。その前に近隣の領地を取り込み、足元を固めておかなければ。そういう意味でも、電光石火。相手の陽動に乗っている暇はない。

「どう攻めるっすか、大将？」

「正面突破。全員で山道を駆け上がるだけだ」

「言うと思ったっす」

砦のある山には木々が密集しており、行軍には不向きだが、下手に迂回《うかい》したり、木々を伐採して道を作っていては時間を無駄に浪費するだけ。

それこそ相手方の思うつぼだ。

だから、多少の困難があっても山道を突き進んで砦を制圧するのが結局一番の近道だ。

「行くぞ、野郎共。遅れを取るんじゃねえぞっ」

「うおおおっ！」

兵士たちの怒号と、馬のいななき声が蒼天《そうてん》に響き渡り、バルザック軍は一斉に駆け出した。

畦道《あぜみち》を抜け、山の麓まで近づいた時、先頭の【炎帝】が口を開いた。

「ありゃ、なんだ？」

「……？」

ウィニーの視界の先、木々の連なる陰に何か――いや、誰かがいる。

真っ黒なローブを頭から被っているため、正体はわからない。

だが、ルメール側の関係者に間違いないだろう。

斥候か？　そんな部隊はいないはずだが。

訝しんでいると、影はやがてローブを翻して、木陰に消えた。

「しゃらくせえっ」

「大将、駄目っす！」

右手に紅蓮《ぐれん》の炎を宿らせたイグナスを、ウィニーは慌てて止める。

ここには燃えやすい草木がそれこそ山のようにあるのだ。火炎魔法が飛び火して山火事にでもなれば、自軍が火勢に巻き込まれて行軍が妨げられてしまう。軍勢を引き連れてきたことが、ある意味では仇《あだ》になったことになる。

――まさか、それを想定して……？

一瞬よぎった考えを、ウィニーは頭の隅にどけた。

多少何かを企んでいたところで、【炎帝】を止められるとは思えない。

頭大の炎を右手に留めたままのイグナスに、ウィニーは後ろから声をかける。

「自軍を燃やしたくなきゃ、まだでかいのをぶちかましちゃ駄目っすよ」

「うっせー。俺ぁ馬鹿だが、それくらいわかってんよ」

「じゃあ、その炎はなんです？」

「脅しに決まってんだろうが。火炎玉を摑《つか》んだ俺に追いかけられりゃ、びびるだろ？　びびりゃあ、ミスが出る。そんで敵が何を企んでようが失敗する。完璧だろうが」

「めちゃくちゃ荒い理屈っすね」

だが、ボスは落ち着いている。

いつも通り、冷静に頭がおかしい。これなら平和ボケしたルメール家に負けることは万が一にもありえない。イグナス様の最大の強みは、この火の玉のような突破力だ。

ボスが謀略を好まないのと、他家に先んじることを優先しているため、ルメール家の情報をゆっくり集めている暇はなかったが、少なくとも【炎帝】に対抗できる人材はいないはず。

「続けぇっ！」

「おおおおおおおおっ！」

軍団は一斉に山中に突入する。

馬での登坂は困難なため、兵士たちは流れるように下馬をして山道を駆けて行った。先頭の【炎帝】

だけは目の前の邪魔な繁みを燃やしながら器用に馬を操り、斜面をまるで平地のように走り抜けている。

「誰だか知らねえが、待ちやがれっ！」

木々の隙間にちらちらと見える漆黒のローブの裾を追っているようだ。

「大将、ちょっと早すぎ――」

ウィニーが後ろから声をかけようとした時――

「うおっ」

「ぐあっ」

側近の背後で、兵士たちの呻《うめ》き声がした。

振り向くと、一部の兵士たちが逆さまになって枝から吊《つ》るされている。

足首にはロープが巻き付いており、それを外そうと必死にもがいていた。

「お前たち、何をやって――」

「おわっ」

「うわああっ」

今度は別の一団が、突然姿を消した。助けを呼ぶくぐもった声が地中から聞こえる。

どうやら落とし穴に転落したようだ。

「罠《わな》……？」

ウィニーは立ち止まってつぶやく。

何かしら仕掛けがあることも想定はしていたが、ルメール家にもこういう真似ができる部隊がいたということか。

だが、所詮は焼け石に水。軍の侵攻を多少遅らせる程度の効果しかないだろう。

「いや……」

一瞬、なんとも言えない違和感が頭をよぎる。

ウィニーはすぐさま大声で叫んだ。

「精鋭部隊、全速力でボスを追うっす！　絶対にそばを離れるなっ！」

「はっ！」

軍隊の中でも選りすぐりのイグナス直属部隊の百人が、立ち止まったウィニーを追い越して先頭の【炎帝】を追った。

突然姿を現した怪しげなローブの人物。

そして、山中に仕掛けられた罠。

「敵の狙いは、ボスの分断か。フィオナ・ルメール。思ったよりはやるっすね」

ウィニーは親指の爪を噛《か》んで言った。

ボスは黒いローブの人物を追尾して、先へ先へと行ってしまっている。

一方、後を追う部下たちは、罠に足を取られて立ち往生だ。

バルザック家が軍隊を率いてくることを読み、かつ走り出したら止まらない【炎帝】の性格をよくわかった上での仕掛けだろう。

中途半端な平和主義者と軽く見ていたが、評価を改めなければならない。

「だけど、甘いっすよ」

ウィニーは爪を噛んだまま、にぃと笑う。

精鋭部隊は山中行軍のエキスパートであり、きっとボスに追いつくだろう。何より、実際のところはたとえ一人になったとしても【炎帝】の力は一個師団にすら勝りうる。

どちらかというと、やりすぎてしまう可能性のほうが問題だ。

「さて、ボスが一帯を火の海に変える前に、追いつかないといけないっすね。あの人、待つのが嫌いっすから」

悠々とした態度で、ウィニーは背中の斧《おの》を肩にかついだ。

＋＋＋

「ちっ、どこに消えやがった」

その頃、先頭を行く【炎帝】は、馬上で舌打ちをしていた。

枝葉を炎で焦がし、倒木を飛び越え、逃げていく影を追っていたが、いつの間にか見失ってしまったのだ。

ようやく手綱を引いて、馬を足を止める。山は静かで、空気に草いきれが混じっていた。

辺りをゆっくりと見回して、ふと気づいた。

「あいつら……？」

ウィニーの姿はおろか、引き連れてきた約七百名の兵士たちの姿もない。

だが、【炎帝】はかすかな焦りの色すら浮かべずに首をこきりと鳴らした。

「もたもたしやがって。俺ぁ待つのが嫌いなんだよ」

馬首を山頂に向け、再び斜面を登ろうとした時、後ろから呼びかけられた。

「イグナス様っ」

「お待ち下さいっ！」

軍の中でも精鋭とされる者たちが、ちりぢりに後を追ってくるのが視界の奥に見える。

息を整えながら、兵たちがぞろぞろと集まってきた。

「おせーぞ、お前ら」

「申し訳ございません。あちこちに罠が仕掛けられていて手間取りまして」

「罠だぁ？　ウィニーはどうした？」

「分断された部隊を取りまとめて後を追ってくるかと。我々はイグナス様をそばでお守りするよう指示を受けまして」

「ふん、護衛なんざいらねえが、三十人いりゃあ多少のこけおどしにはなるかもな」

【炎帝】の一言に、部下たちは驚いて互いに顔を見合わせる。

「あれ……？　百名ほどが後を追ったはずですが……？」

「……」

戸惑う様子の兵たちを、【炎帝】は馬上から無言で見下ろした。

「この山でよくわかんねーことが起こってるってことか」

「い、いかが致しましょう」

「気にすんな」

「気に……え？」

【炎帝】は小指で耳をほじり、指先にふぅと息を吹きかける。

「この程度のことであたふたすんな。もう砦は目の前だ。うだうだ考える前に、さっさとルメールとカタをつけりゃいい」

実際、話し合いの場所として指定された砦にはだいぶ近づいており、ここから石壁に並ぶ割れ窓の一つ一つが認識できるほどだ。

だが、相変わらず人の気配は丸っきり感じられない。

「……ごちゃごちゃ小細工しやがって。気に食わねえ」

馬の腹を軽く蹴って、目的地へと促しながら、【炎帝】は右の拳をぐっと握る。

溢《あふ》れ出した炎を眺めて、低い声で言った。

「俺を黙らせたきゃ、拳を使えって言ったよなぁ」

そこから約三十分程度でたどり着いた山頂は木々の密度が薄く、比較的見通しがよい場所だった。

おかげで砦の前景がよく見える。

ウィニーが随分前のものだと言っていた通り、砦の壁のあちこちに網目のような細かい亀裂が入り、その傷口を覆うように緑の蔦《つた》が縦横無尽に這《は》っていた。かなり長い時間放置されていた建物のようだ。

三十名の精鋭を引き連れた【炎帝】は、砦まであと二十歩の距離で馬を降りる。

「ようこそ」

砦の正門に当たる場所の前に、漆黒のローブをまとった人物が二人立っていた。目深にフードを被っており、更に黒い仮面をつけているので顔はわからない。声を発したのはどうやら手前に立っている人物のようだが、どこか機械的なくぐもった声をしており、男女の区別もつかない。

そこにいるのに、まるでいないような、奇妙な存在感の薄さにかすかに寒気を感じた。

「フィオナ・ルメール……か？」

「そう思いますか？」

「違うな。何者だ？」

「我々は通りすがりの引きこもりです」

「あん？　それが何の用だ？」

わずかに身構える【炎帝】。ローブの人物は淡々とした口調で続ける。

「我々は静かに、平穏に過ごしたいと思っています。無益な争いは好みません。大陸が戦火に巻き込まれると快適に引きこもれなくなりますから」

「ルメール家は話し合いを望んでいると聞きました。話し合いのテーブルについて頂けないでしょうか」

「何が言いたい？」

「……はっ」

「そのつもりですが」

「妙な奴らだ。自分で何を言ってるかわかってんのか」

【炎帝】は思わず噴き出した。

「俺ぁ馬鹿だが、要求ってのは強えほうが弱えほうにするから意味があるってことくらいは知ってるぜ」

「僕もそれくらいは知ってますよ」

「黙れっ。たった二人が、七百人の手練れの兵士相手にすることではないとイグナス様は言っておられるのだっ」

取り巻きの兵士の一人が声を荒げる。砦の前に立つ人物は小首を傾げた。

「七百？　せいぜい三十名ほどにしか見えませんが」

「ふん、ちんけな罠を仕掛けたのは貴様らだな。あんなものでは少しの足止めにしかならんぞ。すぐに全軍がここになだれ込む。その時も同じことが言えるかな」

別の取り巻きがしたり顔で口を挟むが、相手は少しも動じる様子がない。

「少しの足止め……それで十分ですよ」

「あん？」

眉をひそめる【炎帝】に、漆黒のローブをまとった人物は言った。

「彼らはもうここには来れませんから」

＋＋＋

「ウィニー様。妙ではありませんか？」

「ああ……」

山中を行軍するウィニーは、部下の言葉に頷《うなず》いた。

あちこちの罠で分断された軍を再びとりまとめ、主の後を追っていたが、なかなか目的の砦にたどり着かない。

鬱蒼《うっそう》と茂る木々の間、山頂に見え隠れする砦を目指していたはずなのに、いつの間にか更に奥深い領域に足を踏み入れてしまっている。うっすらと霧が漂う中、辺りには似たような常緑樹が乱立しており、登ったと思ったら坂を下ったり、そう思ったらまた登り道になったり、そのうち砦の姿も見えなくなってしまった。

まるで山頂へ向かうルートが巧妙に隠されているかのような、不可思議な感覚。

数百名もの兵士が、山中で完全に立ち往生してしまっている。

「い、いかがしましょう」

「……」

ウィニーは無言で親指の爪を噛んだ。

「なんだか、嫌な感じっすね」

罠による足止め。

ボスの分断。

軍の迷走。

まるで得体の知れない大きな意思に操られているような。

ウィニーは一度大きく息を吸って吐いた。

「仕方ない。元来た道を戻るっす」

こういう時は焦って闇雲に進むのが一番よくない。手間はかかるが、同じ道を戻れば必ず砦が視認できる場所にはたどり着く。

部下は不安そうに周囲を見渡した。

「し、しかし、その、どうやって」

ウィニーは肩にかついだ背丈大の斧を軽く持ち上げる。

「馬鹿っすか？　木の幹に印をつけながら歩いてきてるっす」

「さ、さすがウィニー様」

感嘆する部下を眺めて、思わず溜《た》め息が出た。

【炎帝】の護衛につけた百人は、山中行軍に慣れているが、その他は武力を優先して、腕自慢を集めてしまっている。血の気が多く、考えるより先に身体が動くような奴らばかりだから、簡単に罠にかかってしまった。

——まさか、そこまで読んで……？

一瞬、不安が胸をよぎるが、ウィニーはすぐに首を振った。

今優先すべきは一刻も早く正しいルートに戻ることだ。

「ウィニー様、ここの木に傷があります！」

兵士の呼びかけに応じて、ウィニーは踵《きびす》を返した。

「ここにもあります」

「次はこっちです！」

「よし、急ぐっす」

次々と目印を発見する部下たちに従って、一行は元来た道を駆け足で戻っていく。

しばらく同じような景色の中を進み、やがて、視界を覆うように密集した藪《やぶ》を抜けると、ふいに開けた場所に出た。

「は……？」

ウィニーは目を見開いて立ち止まった。

そこは山中にぽっかりと口をあけた広場のような場所だった。

見通しがよく、頭上の青空には細い雲がたなびいている。

おかげで隣の山の頂上付近に、目的の砦があることが確認できた。

どうやら知らぬ間に、別の山中に入り込んでいたようだ。

「でも、なんで……」

現在地を把握できたのはよかったが、問題は別のところにある。

そもそも来る時にはこんな場所は通っていない。

木に刻んだ目印に沿って戻ってきたはずなのに。

「ど、どういうことでしょうか、ウィニー様」

「……誘導されたって訳っすね」

戸惑う部下にウィニーは爪を嚙んで言った。

おそらく自分が帰り道のための目印をつけているのを確認した何者かが、偽の目印を木々につけていったのだ。その結果、部隊はこの広場にたどり着くはめになった。

「でも、何のために――」

言いかけて気づいた。広場の奥に漆黒のローブをまとった人物が立っていることに。

薄い陽射しの中、優雅な所作でローブの端を軽く持ち上げると、その人物は言った。

「お客様ですね。ようこそおいで下さいました」

+++

「ここには来れないだと？　どういうことだ」

山頂の砦の前で、ローブを羽織った僕たちに【炎帝】がゆっくり近づいてくる。

仮面とローブをまとっていてなお、肌がちりちりと焼けるような威圧感。

真っ赤な頭髪を逆立てた様は、自らの存在を声高に主張しているようで、できるだけ目立ちたくない僕とは正反対に見える。

直観的に苦手なタイプだ。

「言葉通りの意味です。あなたの配下はもうここにはこられません」

山中に罠を張り巡らせ、精鋭部隊を個別撃破したのは十等級のシーフでもあったミリーだ。

後は僕が山頂に至る主要な山道を隠しておき、敵の一団を迷わせる。そのまま山中を右往左往してくれればいいが、もし冷静に道を引き返そうと考える者がいれば、ミリーが次の場所へと敵軍を誘導する手はずになっている。

首をこきこきと鳴らす【炎帝】に、焦りの色は見られない。

「他にも罠があるってことか？　くははははっ」

「何がおかしいんです？」

明るいタイプの人間は、急に笑い出すのだろうか。

やっぱり苦手だと僕は思った。

「言っておくがよ。うちのウィニーはそこらの戦士の軽く十倍はつえーぜ。桁が違う」

「そうですか」

僕は直立したまま、こう続ける。

「生憎ですが――うちは千倍強いです」

＋＋＋

「……誰っすか？」

ウィニーは斧の柄に手をかけて、広場に佇む人物を睨《にら》みつけた。

妙な雰囲気があり、この人数を前に平然と立っている。

黒い仮面をつけた相手は、機械的な口調で言った。

「どうかこのまま自国領にお引き返し下さい。そうすれば無益な殺生は不要になります」

「はっ。誰が誰に言ってるっすか」

「私が、あなたに言っておりますが」

「んなことわかってるっす！」

ウィニーは相手の言葉にかぶせるように声を上げた。

なんだか調子のくるう相手だ。

「ここには六百人の兵士がいるんすよ？　たった一人で何ができるっていうんすか？」

「あなたは間違っています」

「は？」

「視認できる範囲では五百二十三名です。木の背後にいてここから見えない者を加えても、五百五十人超というところでしょう。よって六百人には満たない」

「……」

よく、わからない。

目印を辿《たど》ってここに来たのだから、意図的に誘導されたことは間違いない。

だが、大軍が待ち受けているでもなく、繁みから大量の矢が撃ち込まれる訳でもない。耳を澄ませても、相手の背後の森に大勢の刺客が潜んでいる気配もしない。

そこにいたのはローブをまとった、たった一人の華奢《きゃしゃ》なシルエットの人物だ。

逡巡《しゅんじゅん》に気づいた部下が後ろから言った。

「ウィニー様。奴はどうせ敵の一味。さっさと捕らえて吐かせれば済むことです」

「……まあ、そうっすね」

こっちに考えさせて、時間を使わせること自体が目的かもしれない。

想定外の事態が立て続いたせいで、疑心暗鬼になってしまっているのも確かだ。

「捕らえろっ！」

号令とともに、前列の五十名ほどが武器を手に一斉に駆け出す。

敵の様子を観察するが、逃げ出す様子はない。

落とし穴のようなものが掘られているかとも考えたが、軍勢は誰一人地中に消えることはなく、確実に敵との距離を詰めている。

気づけば、もうあと十歩。

数十人の屈曲な男共が迫っているというのに、相変わらず敵は動かない。

いや、動けないだけなのかもしれない。

五歩。

四歩。

三歩。

二歩。

あと一歩。

「やっぱり考えすぎ――」

吐きかけた息を、ウィニーは止めた。

一陣の風が吹いたと思ったら、敵に殺到した自軍の兵士たちが同時に吹き飛んだのだ。

ローブをまとった人物を中心に、分厚い衝撃波が円形に広がり、広場の草花を薙《な》ぎ倒していく。

呻き声とともに男たちが空に舞い、大地にばらばらと墜落、遅れてやってきた轟音《ごうおん》が、鼓膜を痛いほどに叩《たた》いた。

人が雨のように降る中、ローブの人物の周囲だけがまるで凪《なぎ》のように静かだ。

その右手には闇に何十年も浸したかのごとく真っ黒な刀身をした剣が握られている。

「全員でかかれっ！」

ウィニーは咄嗟《とっさ》に叫んだ。

兵士たちが掛け声とともに、一斉に駆け出す。

怒号。怒声。敵に駆け寄る男たちの足音が、荒々しく大地を打ち鳴らす。

しかし、敵は動かない。殺気を全身に浴びても、怯《ひる》むことはなく、気負うこともなく、ただ当たり前のようにそこにいる。

もうこの段階ではウィニーも気づいていた。

誘導された場所には、大軍は潜んでおらず、壮大な仕掛けもない。

だが、目の前の人物こそが、最大の罠なのだと。

「ぐええっ」

「ぎゃあっ」

「ごはあっ」

空に轟《とどろ》く悲鳴は、全て自軍の兵士のものだ。

相手はほとんど動いていないように見える。

それなのに、鍛え上げた精鋭たちが、まるで紙切れのように次々と宙を舞い、戦場から強制退場させられていく。

つまり、速すぎて斬撃が見えないのだ。

「何者っすか……」

ウィニーはつぶやいて、爪を噛んだ。

たった一人で、数百名の兵士を相手に立ち回る。

さながらかつての伝説の【剣姫】のような存在だ。

「とはいえ、負けるつもりはないっすよ」

もしも相手が本物の【剣姫】なら勝ち目は薄いだろうが、あれは百年以上前のおとぎ話。噂に尾ひれのついた伝説に過ぎない。

兵士たちはあっという間に、そのほとんどが打ち倒されてしまっている。

たった今最後の五十名程度が一斉に躍りかかっているところだ。

——ここだ。

ウィニーは斧の柄をぎゅっと握り、地を蹴った。

「隙ありっ！」

予想通り弾き飛ばされる男たちの間隙を縫って、ウィニーは斧を力任せに振り下ろす。

衝撃。

斧の刃先と、相手の黒剣が交差、反動で敵の身体がわずかに沈み込み、周囲の土くれが爆ぜる。

火花とともに膨大なエネルギーが生み出され、吹き荒れた突風がウィニーの前髪と、相手のローブの裾をはためかせる。広場を囲む木枝が激しく揺れて、鳥たちが一斉に飛び立っていった。

——ちっ……。

不意を突いた一撃だったが、しっかり受け止められてしまった。

だが、初めて敵が防御に動いた。

決して伝説でも、幽霊でも、幻でもない。

確かな実体を感じた。

ならば倒せる。

後方に跳び下がったウィニーに、ローブの人物は淡々と言う。

「先ほどの五百二十三名に、木陰や背の高い者の後ろにいて見えなかった者を足して全五百七十三名。そのうち五百七十二名がもう倒れています。つまり、残りはあなた一人。お引き取りをご検討下さい」

「……十年っす」

「……？」

小首を傾げる敵に、ウィニーは言った。

「あたしは子供の頃、バルザック領外れの地下街に捨てられた。金もない。仕事もない。明日の食糧だってない。腕っぷしだけは強かったから、残飯を漁って、邪魔する奴をぶちのめして、ただ野良犬みたいにその日を生き延びていた」

「何の話でしょうか？」

「そんな日の目を見ない、なんの希望もない生活を十年も送ってたっす。あの人に拾われる前は」

悪さが過ぎて、徒党を組んだ大人たちに捕まって、袋叩きに遭っていた。

そこに通りがかったのが、次期当主だったイグナスだ。

お前、いい目してんじゃねーか。

イグナスはウィニーを見るなりそう言って、直属の部隊に配属したのだ。

言葉遣いもわからないので、なんにでも「っす」をつけることにした。認めてもらおうと日々懸命に頑張り、気づけば側近の地位についていた。

「それがどうしたのですか？」

「十年も地下街でくすぶっていた私を引き上げてくれたイグナス様に報いるためにも、こんなところで負ける訳にはいかないんすよ」

ウィニーは広場を囲む森に足を踏み入れ、斧を強く握った。

強大な握力に腕に筋が浮かび、ぎりぎりと万力で締め上げるような音がする。

ウィニーはそのまま斧を真横に振った。

立ち並ぶ大木が、五本同時に上下に分かたれ、軋《きし》みながら敵のほうへと倒れ込んでいく。

「さあ、どうするっすか？」

微妙な時間差で迫ってくる大木。

後ろに避けるか。防ぐか。それとも斬り捨てるか。

どれでもいい。さっきと同じように、目の前の脅威に気を取られた瞬間に、一瞬の隙ができる。

今度はそれを逃さずに斧を投げ込む。

ウィニーは柄を握る右手に更に力を込めた。

「十年……そうですか」

相手が小さくそう言った気がした。

次の瞬間、その姿がゆらりと揺れる。

「なっ！」

気づけば敵は目の前にいた。

相手の取った選択肢は、倒れ込んでくる木を後ろにさがって避けるでもなく、防ぐでもなく、斬り捨てるでもない。

――攻める。

「ぐはあっ！」

腹に強力な一撃。

全ての内臓が逆流しそうな衝撃が全身を駆け抜け、ウィニーはその場に突っ伏した。

薄れゆく意識の中で、相手がぽそりとつぶやく声が聞こえた。

「私は――百年でした」

+++

「ウィニー……？」

山頂の砦の前で、【炎帝】が虚空を見上げて言った。

やがて、その視線がゆっくりと僕に向けられる。

「……信じられねーが、あいつが来れないってのは、本当らしいな」

背後に控える三十名ほどの部下たちがざわめいた。

「わ、わかるのですか？」

「ま、なんとなくだがな。付き合いなげーし」

腰に手を当て、軽く嘆息する【炎帝】に、僕は告げる。

「では、話は早いです。ルメール家との話し合いの席についてくれませんか」

「……おいおい、さっき言っただろ。要求ってのは弱えほうがするんじゃねえって」

気だるげに赤い瞳を細める【炎帝】に、僕は頷いてみせた。

「覚えてますよ。だから要求しているんですが」

「ふざけるなっ。たとえウィニー様が来られなくても、お前たちは二人だけ。こちらの有利は変わらんぞっ」

部下の一人が声高に叫び、腰の鞘《さや》から剣を引き抜いた。そして、主人に呼びかける。

「イグナス様、進撃の許可をっ」

「……止めやしねーよ」

「はっ。行くぞっ！」

【炎帝】の後ろに並んだ兵士たちが、一斉に駆け出してくる。

走り方。武器の持ち方。どれを見ても、長い鍛錬を積んできたことがわかる。精鋭部隊だろう。

「できれば傷つけたくないので、引いてもらえませんか」

「ぬかせっ。ただじゃおかんぞっ！」

ずっと説得しているが、なかなか聞く耳を持ってもらえない。

僕はやれやれと肩をすくめて、右手をゆっくりと前に向けた。

「ごはっ！」

突如、駆け寄ってきた兵士の一人が後方へと吹き飛んだ。

一瞬相手の進行が止まるが、精鋭部隊だけあって、すぐに誰かが仲間を鼓舞する。

「怯むなっ！　敵は二人だっ！」

「めげない……」

引いてくれる様子が全くないので、僕は両手を前にかざした。

ぶぉんと風を切る音が耳元で鳴り、放たれた光球が敵を打ち倒していく。

「怯むな、敵はすぐそ――ぐはっ」

「ごえっ」

「ぶはああっ」

光の弾がまるで雨のように敵に降り注ぎ、進行を阻む。

結果、誰一人ここまでたどり着くことなく、土の大地に横たわることになった。

腕を組んで倒れ伏した部下たちを黙って見下ろしている【炎帝】に、僕は言った。

「一対二になりましたね」

「みてえだな」

「では、改めて要求を受け入れてもらえませんか」

「ふは……ははは。はははははははははっ！」

仲間が全滅したというのに、また急に大声で笑い始めた。

明るい人間怖い。

若干引いている僕を気にも留めず、【炎帝】は言った。

「てめえ、まじで何者だ？」

「ですから、通りすがりの引きこもりです。あるいは善意の第三者とでも」

「俺が聞いてんのは後ろの奴だ」

【炎帝】の視線は僕の斜め後ろに立つ、ダークエルフのアイゼルに向いている。無論、彼女も僕と同じく漆黒のローブに仮面を着用しているので、相手がそれを知る由はない。

「今の魔法はお前だろ？」

「……」

「只者《ただもの》じゃねえな。見たことねえタイプの魔法だ。詠唱もねえ。魔道具もねえ。魔法陣もねえ。それを馬鹿みたいに連発しやがる。意味わかんねえな。はっきり言って人間業じゃねえ」

【炎帝】は手の平を上に向けて、くいと手招きをした。

「お前の腕が気に入った。俺の下につかねえか」

「断る」

アイゼルは即座に言った。

よかった。「はい」と頷かれたらどうしようかと思った。

しかし、【炎帝】は少しもめげる様子はない。

「なんでだ？　そこのつまんねえ小細工を弄する辛気臭い野郎より、俺は刺激的な男だぜ」

「そうは思わないな。貴様ごときが我が主人を愚弄するとは、愚の極みなり。身の程を知れ、小童《こわっぱ》が」

【炎帝】の言うこともあながち間違ってないと思うが、アイゼルは相手を口汚く罵ってくれた。

なんだか、意外と気分がいい。

「ふられちまったか……ま、いいや。見る目がねえ奴には用がねえ」

【炎帝】は両手の拳を握った。

「お前らが誰だか知らねえが、覚えておけ。俺に言うことを聞かせたきゃ、口じゃなくて拳を使えってな」

握りしめた拳が赤く染まり、紅蓮の炎が暴れるように溢れ出す。

大気が沸騰するかのように、熱を帯び始めた。

「それにずっと言ってるだろ。要求ってのは強え奴がするんだって」

――《炎壁《フレイム・ウォール》》。

力ある言葉とともに、【炎帝】は両手を前に突き出した。

「……っ！」

渦を巻いた火炎が、ちょうど僕とアイゼルの間に炸裂《さくれつ》し、僕らは反射的に左右に分かれる。

炎はそのまま灼熱《しゃくねつ》の壁となって、僕らの間に立ち塞がった。

「はっはー！　敵を分断させるのに、つまんねえ罠なんていらねえんだよ」

「主人っ！」

炎壁の向こうから、アイゼルの焦った声が聞こえる。

「おっと魔法は撃てねえだろ。闇雲に放てばお前の主人とやらに当たるぜ」

「貴様っ！」

【炎帝】は両手を燃え上がらせたまま、ゆっくりと僕に近づいてきた。

「さあ、決着をつけようじゃねえか。それとも罠や部下がなきゃ何もできねえか？」

「……」

その場に佇む僕に、【炎帝】は言った。

「ったく、こそこそしやがって。俺ぁ、お前みたいな奴が一番嫌いなんだよ。多少腕はよくても、お前なんぞに付き従う部下のレベルも知れるな」

「主人っ、すぐにそっちにいく！」

「大丈夫。そこで待っていて。後は任せて」

僕は炎の向こうのアイゼルに言った。

「主人……」

僕は生まれのせいで悪意や敵意にさらされることに慣れているし、生まれつき感情の波が少ない人間でもある。だから、多少何かを言われても気にすることはない。

ただ、今、久しぶりに穏やかではない心持ちを自覚している。

多分、仲間のことを悪く言われたからだ。

そういう面が自分にもあるのだというのは発見でもあった。

僕は息を吸って、【炎帝】に目を向ける。

「確かに僕らは正反対でしょうね。でも、気が合うところもあるようです」

「あぁ？」

眉間に皺《しわ》を寄せる【炎帝】に、僕は続けて言った。

「僕も同じ意見ですよ。要求は強い奴がする」


「……面白え」

――《火炎弾《ファイア・ボール》》！

【炎帝】の一言で、中空に魔法陣が現れ、そこから僕を目掛けて火球が撃ち出される。

「《土壁《マッド・ウォール》》！」

僕は咄嗟に詠唱する。足元の土が盛り上がり、盾となって火の球を防いだ。

「はっ、お前は土魔法使いか。だが、そんな貧弱な盾で、俺の炎を止められると思うなよ」

相手の魔法陣から、ひとまわり大きな火球が連続で射出され、すぐに土壁に亀裂が入る。

弾ける火の粉を浴びながら、僕はローブを翻して、砦の中へと飛び込んだ。

「おいおい、逃げるのかよ。威勢がいいのは口だけか」

【炎帝】がゆっくりと後を追いかけてくる。

この三階建ての砦はノヴァリウス神皇国が大陸統一をする前からあったもののようだ。ただの見張り台だったようで、大した設備はない。厨房《ちゅうぼう》や倉庫の他には、無骨な石壁に囲まれた、がらんとした空間が広がっているだけだ。

背後から迫る火炎から逃げるように、僕は二階へと駆け上がった。

「《土壁《マッド・ウォール》》」

土魔法で階段の出口に壁を作るが、大して時間稼ぎにはならないだろう。

防護壁にはすぐにひびが入り、その隙間から雪崩のように真っ赤な炎の波が押し寄せてくる。

結局、そのまま追いたてられるように、僕は砦の屋上に辿り着いた。

「さっさと決着つけようじゃねえか」

階下から熱気と足音が段々と近づいてきて、それが止まった。

「……どこだ？」

屋上に姿を現した【炎帝】は、不思議そうに辺りを見回す。

追い詰めたはずの敵の姿がどこにも見当たらない。しばらく警戒した様子で、左右に視線を送っていたが、やがて呆れたように嘆息した。

「まさか飛び降りやがったのか。つまんねー」

【炎帝】は屋上の縁に沿って、ゆっくりと歩き始める。

おそらく下に落ちたであろう僕の姿を探そうとしているのだろう。

無論、僕は飛び降りてなどいない。

『薄影』。

さっきから息を止めて、姿を消している。

ローブの中で剣の柄を握り、【炎帝】の背中に向けて剣先を突き出す。

「ぐっ……！」

右の脇腹にめりこ込む感触――が、押し込む前に【炎帝】は振り向きながら、右腕を大きく振った。

「《火柱《コア・フレイム》》！」

炎の波が襲いかかってきて、咄嗟にかわすもローブの裾が焦げる。

体勢が崩れたことで、一瞬呼吸が乱れて、相手の視界に入ってしまった。

「そこかぁっ！」

追撃。だが次の瞬間には僕は再び呼吸を止めて、距離を取っていた。

脇腹を押さえた【炎帝】は、荒く息を吐きながら、周囲を睨みつける。

「また消えただと……妙な技を使いやがる。土魔法使いじゃねえのかよ」

脇腹に添えた彼の指の隙間からは、赤い血が滲《にじ》んでいた。

僕は射程圏から離れた位置で、呼吸を再開する。

「希望通り、口ではなく拳を使いましたよ。あなたの部下は全滅し、あなた自身も負傷している。大勢は決していています。約束通り、話し合いの席についてくれませんか」

「てめえ、まじで何者だ。その妙な技は、噂に聞く闇ギルドの連中か」

闇ギルドというのは秘密結社の一種で、大陸を裏から支配しようとしている、半ば都市伝説のような組織のことだ。

「いえ、ただの引きこもりだと言いましたが」

「一体、誰に頼まれた」

「誰にも頼まれていません。ある種のボランティアです」

「はっ、闇ギルドの連中が簡単に口を割るはずねえか」

さっきから事実を伝えているのだが、話が通じない男だ。

【炎帝】はそこでふと口元を緩めた。

「だけどよ、お前ちょっと勘違いしてねえか？」

「勘違い？」

突如、じゅうと肉が焦げる音がして、【炎帝】の脇腹から煙が上がる。

傷口を炎で焼いて、止血をしたのだ。

「いつ勝敗が決したって？　闇ギルドの構成員ごときが、次期皇帝様にたてついてんじゃねえぞ」

「……っ！」

熱い。

息苦しいほどの熱気が、辺りを渦巻いている。

まるで太陽が近づいているかのように、大気が沸騰し、発火し始めた。

「姿が見えなきゃ、全てを焼き尽くすまでだっ！」

――《火炎嵐《ウルティマ・ヒート》》！

【炎帝】の全身から火炎が空に向かって立ち上り、最大出力の魔法が放たれる。

砦の屋上から術者以外の存在を一掃すべく、荒れくるう炎が津波となって四方に襲い掛かった。

灼熱の濁流が、業火をまといながら全てを燃やし尽くす。

熱された空気がぱちぱちと弾け、後に残るは黒い焦げ跡のみ。

の、はずだったが――

「……あぁ？」

【炎帝】が顔をしかめて唸《うな》った。

僕は幸いなことに、まだ屋上に立っていた。

手足にうっすらと霜が浮いているのは、焼かれる前に、渾身《こんしん》の氷魔法で身体を固めたからだ。

だが、あまりの火力の強さに、氷は全て溶け、耐性に優れたローブも半分近く焦げ付いてしまっている。

やはり宝玉の継承者の力は、別格だ。

僕の身体に残った霜を見て、【炎帝】は言った。

「土魔法の次は氷魔法か。二つの属性魔法を使えるなんざ器用な奴だ」

そして、再びゆっくりと近づいてくる。

「だが、それでどうにかなると思ってる訳じゃねえよな？」

「まあ、そうですね」

土魔法も、氷魔法も、ある程度は使いこなせるが、レベルとしては平均を少し上回る程度だ。

突出した火炎魔法の前では、焼け石に水と言ってもいい。

ただ――

「あなたこそ、ちょっと勘違いしてませんか」

「あぁ？」

「誰が魔法は二つだけだと言いました？」

「なに……？」

僕はおもむろに右手を前に出す。

手の平から零れる魔力が、赤、青、黄といった様々な色味に変化していった。

火。

水。

氷。

土。

雷。

木。

風。

金。

毒。

そして、光。

【炎帝】は初めて驚きの色を顔に浮かべた。

「はっ。まさか全ての属性魔法を使えんのか。そんな奴ぁ見たことねぇぞ」

そして、口の端をにぃと持ち上げる。

「前言撤回だ。てめえは大した野郎だっ。だが、結果は変わらねえ！」

再び大気に熱がこもる。

もう一度さっきの一撃が来る。

「僕も少し驚きました。あんな魔力消費量の多い魔法を連発できるとは思ってませんでした」

「次で打ち止めだ。残りの魔力をすべてぶちこむ」

【炎帝】は意外に正直に、次が最後の攻撃であることを告白する。

性格は合わないが、こういう単純明快なところは存外嫌いではないかもしれない。

つまり、これを打ち破れば僕の勝ち。

それが無理なら僕の負けという訳だ。

「防げるものなら、防いでみやがれっ！」

【炎帝】が強気に出る理由はわかる。

僕は長い軟禁生活の中で、全ての属性の魔法を身につけた。

だが、いずれも同じ程度に使いこなせるものの、能力が突出した属性がある訳ではない。

色がない。目立たない。

そんな自分らしい結果ではあるが、最高レベルの火炎魔法を打ち破るほどの力はない。

【炎帝】の発する熱波を全身に浴びながら、僕は溜め息をついた。

「まだ不安定だから、できればやりたくなかったけど」

身体にまとった魔力が、二つに分かれ、三つに分かれ、やがて十の断片に分断された。

それぞれの断片が、別々の属性へと変化し、鮮やかな色彩を帯びる。

「はっ、大した器用さだが、単なる曲芸だ」

ますます魔力の練度を高める【炎帝】に、僕は尋ねた。

「ところで、あなた、絵は好きですか？」

「……は？」

面食らった様子の【炎帝】を眺め、僕はアジトでの出来事を思い返していた。

＋＋＋

「何を考えているのですか、ご主人様」

地下迷宮の開かずの間。

先代が残した研究室にこもっていた僕に、夜食を盆に載せたリーシャが問いかける。

「いや、思った以上に読み解くのが大変だと思って。あ、夜食ありがとう」

僕はお礼を言って、手にした文献を置き、盆からカップを持ち上げた。

刻み野菜と、鶏肉のスープ。塩ベースのシンプルな味付けが身体にしみる。

リーシャは元々護衛用として生み出されたのと、本人が元々食事をしていなかったこともあり、素材に調味料を一つか二つ加えたわかりやすい料理が多い。それでも城で出されていた餌のような味気ないものに比べれば、遥《はる》かにまともなものだ。

「しかし、魔法をよくこれだけ細かく理論化したものだ」

本棚の前に立つアイゼルが、感心したようにつぶやいた。

広大な地下施設を密かに作りあげた先代の研究室。地下ハーレムを作るだけが目的だったとは思えず、今後の僕らの活動に役立ちそうなものがないかと手分けして文献を読み込んでいるのだ。

実際、機巧生命《きこうせいめい》関係の文献も非常に多くあったが、他にも様々な資料がここにはあった。

古今東西の剣技一覧。

剣だけではなく、弓や槍《やり》、斧など武具の種類や使い方の文献。

それに、農業や畜産といった生活関係の資料。

情報が古くて今はあまり役には立たないが、大陸の地理情報や、各地域の歴史といった資料まで用意されていた。

古今東西の性技一覧を女子三名が食い入るように読んでいたのは一旦気にしないでおくとして、結構な割合を占めていたのが、魔法や魔術関係の書物だ。初心者向けのものから、ルメール家の書庫にあった上級魔導書が子供用の絵本に思えるほど難解なものまで、山のような蔵書がある。

「テネス、水属性魔法関係はこっちでいいんだよな」

「あ、そこでお願い」

ミリーはごちゃまぜになっていたそれらを分類してくれている。

当初は大量の文献の解読を、僕とダークエルフのアイゼルでやるつもりだったが、なんだかんだ全員が研究室に入り浸っていた。部屋の隅にはプリルが身体を丸くしてうとうとしている。

「うーん……」

僕は再び文献を表に向け、椅子の上で膝を抱えた。

ここには資料は山ほどある。だが、先代の研究内容を記した文献に関しては、記載が断片的でわかりにくい。研究室自体が開かずの間になっていたことを鑑みるに、自身の研究に関しては、自分だけがわかればいいと思っていたのだろう。

ミミズがのたうち回ったような字で、単語や数式が乱雑に走り書きされているだけで、理解が困難だ。しかも古いもののため、あちこちがかすれている。とりあえず機巧生命関連っぽいものや、地下迷宮の設計に関係しそうなものを除いて、僕は解読を進めようとしていた。

それでも大量にあるため、どれから手をつけていいのかもわからない状態である。

今手にしているものは書棚の奥に挟まっていたもので、なんとなく気になって選びとった文献だった。

他と同じように読みにくいが、十一という数字がちょくちょく登場するのはわかった。

「アイゼルはこれどう思う?」

僕は溜め息をついて、ダークエルフに問いかけた。

エルフは生まれつき魔力が高く、長寿だ。魔法に関する知見は僕より遥かに進んでいる。

「どう思う、とは性技のことか?」

「違うけど」

「そうか……」

なぜか残念そうに言うと、アイゼルは僕から受け取った文献を切れ長の瞳で眺めた。

ぱらぱらとめくりながら、しばらく視線を上に下にと動かしている。

「おそらく……魔法の制御に関する内容……だと思う」

「制御……」

「しかし、少し妙だな」

「？」

首を傾げる僕に、アイゼルは文献に目を落としたまま言った。

「火属性、水属性、土属性……様々な属性のことがまとめて書いてある」

「それのどこがおかしいんだ？」

奥のテーブルでミリーが書物を重ねながら尋ねると、アイゼルはようやく文献から顔を上げる。

「通常、一つの属性魔法に関する考察だけで、何冊もの本が必要なのだ。研究室の元の使用者はそういうアプローチをしている。なのに、この文献では全ての属性魔法の考察が一緒くたにされているのだ」

確かに、ミリーがここにある文献を分類してくれているが、属性魔法一種類だけでも、かなりの領域を使用してしまっている。僕はアイゼルから文献を受け取って言った。

「つまり、魔法の制御は属性別に分けるまでもなく簡単ってこと？」

実際、僕は全ての属性魔法を同じように操ることができる。

しかし、アイゼルは難しい顔で首を横に振った。

「いや、普通はそんなことはほぼ不可能なのだ」

「……そうなの？」

「ああ、人に左利きや右利きがあるように、魔力も必ずいずれかの属性に偏るものだ。だから、同じように制御することは通常困難なのだ。それだけ我が主人は魔力の制御力が突出しているということになる」

そういえば僕は昔から右手も左手も同じように扱える。

ただ個性が薄いだけという可能性も捨てきれないが。

「でも……だとしたら結局どういうことだろう」
十一、という数字の意味も不明のままだ。
「属性魔法は全部で十種類だよね？　アイゼルの無属性魔法が十一番目の魔法って意味かな」

つまり、これは無属性魔法に関する研究。

そう思ったが、アイゼルは釈然としない様子だ。

「私の魔法は魔力そのものをぶつけているだけで、そもそも属性を帯びていない。それを十一番目と捉えるだろうか」

逡巡するアイゼル。僕はメイドに目を向けた。

「リーシャは先代から何か聞いている？」

「いえ、不必要なことはべらべら喋《しゃべ》るのに、必要なことは全く話してくれない方でしたから」

なんだか評価に悪意を感じるが、彼女は正直者なので、単に事実を述べているのだろう。

「機巧生命以外でどんな研究をしていたか知ってる?」

「私はここには入れませんでしたから」

「ああ、そうか」

「ただ、時間がある時は、よく絵を描いていました」

「絵……?」

僕は反射的に研究室の奥の壁に視線を向けた。

そこには様々な絵が立て掛けられていた。

自然や動物、街の様子を描いた風景画。そして、なんとなく目を引くのが一番端に無造作に置かれた一枚だ。

鮮やかさも、派手さもなく、ただ真っ黒に塗り潰されたキャンバス。

「……」

「どうされましたか、ご主人様」

僕は文献を手に、おもむろに椅子から立ち上がった。

「もしかして……」

+++

「……絵が好きか? この状況で何のつもりだ?」

【炎帝】の一言で、僕の意識は再び山中の砦へと舞い戻る。

相手の魔力が最高出力に達し、今にも業火が放たれようとしている中、僕は言った。

「絵って素晴らしいと思いませんか。窓のない無機質な部屋でも明るく彩ってくれる。何より絵を描くという行為自体が引きこもっていてもできるのがいい。引きこもって描いたものが、引きこもる空間を明るく照らし、引きこもりの心を朗らかにする。素晴らしい循環です」

「何言ってるかわかんねーよ」

僕の周りを舞う十色の魔力が、一つ、また一つと重なっていく。

「でも、子供の頃にこういう経験はありませんか？　絵をもっと綺麗《きれい》にしようと、様々な色を塗り重ねた結果、真っ黒になってしまったことが」

順に混ざり合う十の属性魔法。

結果、そこにできたのは一抱えほどの真っ黒な球だった。

光すらも吸い込む純粋な黒。

その周囲を、空間に亀裂が走るように黒い筋がちりちりと蠢《うごめ》いている。

さしもの【炎帝】も、驚愕《きょうがく》に目を見開いた。

「魔法の掛け合わせ？　そんなことは不可能なはずだっ」

「普通はそうです。他人同士の魔法なら、波長が微妙に異なるので反発し合う。ですが、同一人物の魔法であれば混ぜ合わせることが可能です」

おそらく先代が研究していたのは、魔法の掛け合わせだ。

とはいえ、いずれかの属性が大きくならないよう、かなり慎重な制御が必要だ。

絵についてべらべらと喋っていたのは、時間稼ぎの意味合いもある。

僕は大きく息を吐いて、両手をゆっくりと前に押し出した。

「おかげで用意はできました。全属性を掛け合わせた十一番目の魔法」

——闇魔法。

「《火炎嵐《ウルティマ・ヒート》》」

「《黒死天《シャドウ・ストライク》》」

二つの詠唱が同時に響き、赤と黒の魔力が屋上の中央で激突する。

莫大《ばくだい》な熱量で大気が渦を巻いた。

空が明滅し、山が唸る。

古い砦が圧に耐え切れず、足元に縦横無尽に亀裂が入った。

「ぐ……がっ……」

【炎帝】の額に大量の汗が滲む。

押し返せない。

黒球は不安定に揺れながらも、炎の荒波を突き通して、気づいた時には【炎帝】の目前に迫っていた。

衝撃。

破裂する闇。

全てを飲み込むような暗闇の中で、僕は言い聞かせるように次の台詞を口にした。

「あなたの言い分は、要求は強いほうがする、でしたね。約束は守って下さいよ」

＋＋＋

「……っ」

【炎帝】が目覚めたのは、丸一日が経ってからだった。

視界に映るのは、青空と半壊した砦。

ざらついた冷たい土の感触を、背中に感じる。

「く、そ……」

一瞬、何が起こったのかわからなかった。

もう一度目を閉じて、断片的な記憶を繋《つな》ぎ合わせる。軍隊を率いてルメール家に圧力をかけにやってきた。いつの間にか山中で軍が分断され、そして――

思い出そうとするが、闇の中に手を伸ばすような感覚で、輪郭がはっきり掴めない。

何かとてつもない力を受けて敗れた気はするが、肝心の相手の姿がどこかぼんやりとしている。

「つっ……」

ゆっくりと起き上がると、激しい頭痛がした。

それでも身体の奥はほんのりと温かく、なんとも言えない力が湧いてくるのを感じる。

見ると、身体が淡い光に包まれていた。

「大丈夫ですか？」

「……っ」

声のほうに顔を向けると、エメラルド色の瞳の少女が中腰になってこっちを見ていた。

黄金色の長髪が、陽射しにきらきらと輝いている。

絵に描いたような美しい少女で、その面影には見覚えがあった。

「……フィオナ・ルメールか」

「久しぶりですね、イグナス。十貴将会議以来でしょうか」

「……」

【炎帝】は温かな光に包まれた自身の身体に目を向ける。

「これは、お前が？」

「ええ、私は【聖女】ですから。光魔法の《治癒《ヒール》》をかけました」

「どういうつもりだ。敵に塩を送るつもりか？」

「別に敵だとは思っていませんよ」

「なに……」

フィオナは立ち上がって、辺りを見回す。

「さっき到着したところですが、砦は壊れているし、あなたは傷だらけで倒れているし、一体何が起こったんですか？」

「一連の罠は、てめえの仕業か」

「罠……?」

フィオナは不思議そうに首をひねった。

その表情には一点の曇りもなく、嘘《うそ》をついているとは考えにくかった。

【炎帝】は溜め息をついて肩をすくめる。

「まあ、どっちでもいい。どうせお前の勝ちだ」

「勝ち、とは?」

「傷は治っても、体力は限界だし、魔力はすっからかんだ。部下共も見当たらねえし。神はお前の味方をしたってこった。煮るなり焼くなり好きにしな」

「……?」

もう一度首をひねった後、フィオナは変わらぬ調子で言った。

「じゃあ、話し合いをしましょう」

「……はあ? 俺ぁ丸腰で一人なんだぞ。こんな機会ねえぞ」

「私も一人ですよ。従者たちは麓に待機させていますから。手紙にそう書いていたでしょう」

「……」

【炎帝】は信じられないといった顔で、フィオナを見上げた。

同時に耳元で蘇《よみがえ》る言葉がある。

薄れる意識の中、なぜか妙に鼓膜にこびりついている一言。

――あなたの言い分は、要求は強いほうがする、でしたね。約束は守って下さいよ。

「はっ……はは、はははははっ」

【炎帝】はひとしきり笑った後、膝をついてゆっくり立ち上がった。

「……そうだな。やろうじゃねえか。話し合いってやつをよ」

エピローグ

「テネスさん、何かいいニュースありました？」

冒険者ギルドの倉庫で、新聞をめくる僕にフェリシアさんが話しかける。

「え、どうしてですか？」

「いえ、記事を見ながら頷《うなず》いていたので、そうなのかもって」

「ああ、バルザック家とエクスロード家が和解したみたいです」

僕は新聞を反対側に向けて、フェリシアさんに見せた。

そこにあったのは、序列八位のバルザック家が序列十位のエクスロード家の州都に配置していた軍を引き上げ、宝玉を返したという記事だ。

「え、本当ですか。よかった。このまま戦争が広がったらどうしようと思ってました」

フェリシアさんはほっとした顔で、豊かな胸を撫《な》でおろす。

「神様が争いを止めてくれたんですかね？」

「神は……むしろ争いを望んでいますよ」

「え？」

「いえ、なんでもありません」

再び新聞に目を落とす僕に、フェリシアさんは気を取り直したように言った。

「そういえば、テネスさん。先日も有休を取っていましたよね。またどこかに行かれたんですか?」

「ええ、山にハイキングに」

「いいですね。なんか人生楽しんでますね」

「そうですか?」

「そうですよ。綺麗《きれい》な場所でおいしいものを食べると平和な気分になりますよねぇ」

嬉《うれ》しそうに言うフェリシアさんに、僕は「確かに」と頷いてみせた。

「平和が一番ですね」

+++

「お帰りなさいませ、ご主人様」

「テネス、待ってたぜ」

「待ち焦がれたぞ、愛しの主人よ」

仕事を終えて地下迷宮に戻ると、いつも通り三者三様の出迎え方をされた。

まずはミリーから新聞より詳しい情報を仕入れる。

どうやら【炎帝】は約束通りフィオナとの話し合いに臨んでくれたようだ。エクスロード家に宝玉を返し、軍を引き上げ、当面の間は他領に侵攻しないと約束したらしい。

「一件落着、というところでしょうか」

リーシャからお茶を受け取った僕は、湯面に息を吹きかけながら言った。

「一応ね。でも、まだ先は長そうだ」

十貴将の暴れ馬でもあったバルザック家は幸い矛を収めてくれたが、継承戦自体は続いている。

今回の一件で、大陸全体がより不安定になっているだろうし、今やどこで何が起きてもおかしくない状況ではある。あちこちに火種を抱えた火薬庫、と言ってもいい。

有給休暇の残り日数を数えていたら、ミリーが執務机の端に腰を下ろした。

「なあ、テネス。あたし思ったんだけどさ、名前をつけないか？」

「名前？」

「あたしたち、地下組織として暗躍してる訳だろ。組織名があったほうがそれっぽいじゃん」

「なるほど……」

確かにそうかもしれない。

早速アイデアを募集すると、リーシャが前に出てきた。

「『ご主人様と最強メイド』、はいかがでしょうか」

「おい、あたしらを忘れるな」

「機巧生命《きこうせいめい》は記憶の定着に問題があるのか？」

次はミリーが手を挙げる。

「必殺、疾風怒涛《しっぷうどとう》隊！」

「まさか、かっこいい、と思っているのですか」

「感性が幼いな」

最後にアイゼルが口を開く。

「愛欲の渦」

「お前、絶対、性技の本読みすぎてるだろ」

「伝説のダークエルフってこんなですか？」

ここには最強のメンバーが揃《そろ》っているが、名前付けのセンスは皆無である。

ふと横を見ると、壁際の黒い垂れ幕にプリルがくるまって遊んでいた。

「ブラックカーテン……ってどうかな」

「なるほど……黒幕、ということですね」

「いいね、疾風怒涛隊の次にかっこいいじゃん」

「さすが主人だ」

「じゃあ、そうしようか。少し安直だけど、表向きの名前だしね」

「表向き？」

首をひねる三人から、僕は視線をゆっくりと天井に移す。

「僕は世話になった姉を助けたいし、その後はずっと快適に引きこもりたい。でも、あれがいる限り、本当の意味での安息の地はないんだと思って」

「あれ……」

フィオナが継承戦に巻き込まれたのも、
先代や僕が家を追放されることになったのも、
ミリーが監獄に囚われることになったのも、
アイゼルが人間の敵として冒険者たちに追われることになったのも、

「全て『神託』というものがあるせいなんだ」

ふと思ったのだ。

先代が地下に巨大な施設を作り、様々な研究をしていたのは、本当はとある目的のためだったのではないだろうかと。

「組織の真名《マナ》は、『ゴッドイーター《神を喰らう者》』」

次期皇帝に選ばれた者は、神に謁見できると聞く。

その際、一部の血縁者は前室まで同行できるという。

【隠者】の能力を使えば、フィオナとともに謁見の間に忍び込むことも不可能ではない。

僕は伸びをしながら、背もたれに身体を預けて言った。

「ちょっと面倒だけど、神を討とうか」

あとがき

どうも、菱川《ひしかわ》さかくです。

このたびは『ギルドの雑用係が真の黒幕でした　～隠れた才能で暗躍無双～』をお手に取って下さり、ありがとうございました。


暗躍は浪漫。

もう一度言います。

暗躍は浪漫。

古くは必殺仕事人シリーズなどにも代表されるように、古今東西、様々な暗躍ものが世に出ています。それもこれも暗躍が人々の浪漫たる証しなのではないでしょうか。

ただ、最近になって思うのですが、暗躍する人たちって基本的に表の顔を持っていますよね。

で、夜とか闇に紛れて裏稼業をこなす訳です。

つまり、兼業なんですよね。

日中なんだかんだ働いて、それから結構大変な暗躍をして、また翌日に何食わぬ顔で普通に出勤したりするの意外と大変なんじゃないだろうか。

兼業作家になった今、ふとそう思ったりもする訳です。

副業が一般的にもなりつつある昨今、本作の主人公も御多分に漏れず、ギルドの雑用係という表の顔を持ちながら、色々と頑張って暗躍していく予定ですので、今後とも応援を頂ければ幸いです。

謝辞に移ります。

担当編集様を始め、ＤＲＥノベルス編集部に関わる皆様、本作の出版にご尽力いただきましてありがとうございました。

本作のイラスト担当はゆーにっと先生です。ヒロインたちは勿論《もちろん》ながら、主人公もプリルも全員可愛い（かわいい）。ばっちりのキャラデザをありがとうございます＆今後とも宜しくお願いします！

そして、本作を購読くださった読者様に最大限の感謝を！

それではまた、お会いできることを願いまして。

DRE NOVELS

ギルドの雑用係が真の黒幕でした
～隠れた才能で暗躍無双～

2024年4月10日　初版第一刷発行

著者　菱川さかく

発行者　宮崎誠司

発行所　株式会社ドリコム
〒141-6019　東京都品川区大崎2-1-1
TEL　050-3101-9968

発売元　株式会社星雲社（共同出版社・流通責任出版社）
〒112-0005　東京都文京区水道1-3-30
TEL　03-3868-3275

担当編集　石田泰武・小原豪

装丁　AFTERGLOW

印刷所　図書印刷株式会社

ISBN978-4-434-33676-8

ファンレター、作品のご感想をお待ちしております。
右の二次元コードから専用フォームにアクセスし、作品と宛先を入力の上、
コメントをお寄せ下さい。
※アクセスの際に発生する通信費等はご負担ください。

9784434336768

1920093013000

ISBN978-4-434-33676-8

C0093 ¥1300E

定価 本体1,300円 +税

発行：DRECOM

発売：星雲社

菱川さかく

著作リスト

ギルドの雑用係が真の黒幕でした
～隠れた才能で暗躍無双～

STORY

「じゃあ、僕帰ります。もう定時なので!」

少年テネスは、実家を追放され、

ての日々をのんびり送っていた。

の彼は秘密のアジトに居を構

打ち壊そうとする組織の黒幕

りらしくね」

そして頼りになる最強の仲間と

ともに、暗躍ファンタジーこっそり開幕!!